徳間文庫

遺書配達人

森村誠一

徳間書店

目次

人間は最初に道具を発明して以来、便利さを飽くことなく追求しながら、物質文明を発展させた。幸福を追求したはずの本来の目的が、いつの間にか歪みを生じ、文明はその恐るべき側面を露してきた。

風紀は乱れ、道徳は廃れ、恐ろしい病気が蔓延し、さまざまな公害が発生し、ついには人類は地球そのものを損傷する破壊力まで手にした。

だが、どんなに物質文明の副産物である諸悪がはびこっても、人類はいまや決して石器時代に戻れない。石器時代どころか、車や、ガスや電気や、いや、パソコンや携帯のない時代にすら戻れない。

人間はどこまで便利さを極めれば満足するのか。いまや人類は物質と機械の奴隷になり果てようとしている。便利性の鎖につながれて、人間が喪失したものは何か。

このシリーズは、それらの喪失を演材として収集した劇場である。

ケルンの一石

棟居弘一良は最近、俳句結社に入った。

きっかけは友人の作家北村直樹が提唱する写真俳句である。

写真と俳句をセットにした新たな表現方法に接して、棟居も、これならば自分にもできそうな気がした。俳句が先に閃いてもよいし、俳句になりそうな場面や被写体を撮影しておいて、後から俳句を作ってもよい。

棟居がなによりも俳句に心を惹かれたのは、仕事柄、血腥い現場から現場へと走りまわっている間に、心身に澱んだ澱のようなものを俳句が洗い流してくれるような気がしたからである。

一度事件が発生すれば、まず一期二十日以上は自宅に帰れないものと覚悟しなければならない。だが、事件がなければ、刑事は意外に閑である。

もっとも明け番ではあっても、いつ呼び出しがかかるかわからない。明け番や裏番でも、事件に備えて待機している。携帯の鎖付きである。

家族と一緒に食事に出かけたり、映画を観たり、あるいは一人でパチンコに行くにしても、以前はポケベル、いまは携帯の常に鎖付きである。

携帯付きの自由ではあっても、句会に出るくらいの時間は取れる。

北村が紹介してくれた俳句結社は、「蚊取線香」という小さなグループであった。

「面白い俳句結社でしてね。句会は頻繁に開きますが、俳句はあまり作らず、もっぱら飲み会になります。しかし、飲むかたわら、おもいだしたようにひねる句が、なかなかいいのです。同人も老若男女、さまざまな職業の人や、経歴の人たちがバランスよく集まっています。

私は同人ではありませんが、俳句結社を取材したことがあって、蚊取線香を知りました。山に登る人もいます。同人たちはきっと棟居さんを歓迎しますよ」

と北村は言った。

北村の言葉通り、蚊取線香はあまり俳句は詠まず、もっぱら飲みながら雑談を交わしている。その雑談が、北村が「バランスがよい」と言ったように、同人たちの多彩な職業と、経歴と、生活環境を反映して、とても面白い。小説家の取材源としては、まさに理想的なグループであったにちがいない。

所属している同人は三十数名、常時出席するのが二十名前後で、男女比率はほぼ同じである。年齢も高校生から、リタイアした八十代の老人までと幅広い。

主宰者は川村惣一郎という元地方政治家で、知る人ぞ知る俳人ということであるが、棟居は初めてその名前を聞いた。もっとも棟居は俳壇についてほとんど知識がない。

蚊取線香の雰囲気は自由でのびのびとしており、おもいだしたように俳句を作っても、順位は争わない。吟行に出かけても、俳句そっちのけで麻雀やカラオケ大会になってしまう。

まことに変な俳句結社であったが、棟居は彼らの時折詠む俳句に、技巧の巧拙は別にして、作者のそれぞれの人生が色濃く投影されているようで感心した。

俳句の文法を超越した結社の自由な雰囲気も、棟居のような俳句の素人には馴染みやすい。なによりも結社の自由でのびやかな雰囲気が気に入った。

閑を盗んで蚊取線香に出席すると、心の襞にたまった澱が洗い落とされ、身体にまぶされた現場の血のにおいが消えるようである。

棟居は、特に笛吹彩香という女性の詠む俳句に関心を持った。たとえば、

我が乳房膿（ちぶさうみ）たくわえて花の下
月光の妖しき香り行き迷い
静脈やいのち運びて凍る河
一筋の孤独抱えて花吹雪
蝶となるまでのさなぎや痛み止め

などの一連の句に、その巧拙はわからないながらも、心に迫る圧力をおぼえた。棟居は彼女の句に、生と死の境界を行く流氷のような透明な冷たさをおぼえたのである。同人たちの間でも、彼女の句は別格扱いのようであった。

北村が、

「あの世の岸に片足かけて詠んだような句だな」

となにげなくつぶやいた言葉が、棟居の耳に残った。

その作風のように、笛吹彩香はミステリアスな透明感に包まれたような女性である。年齢は三十前後、エッセイストということであるが、棟居は彼女のエッセイを読んだことはない。

月二回開かれる例会に必ず出席して、賑やかに盛り上がる同人たちのかたわらにしんと坐り、黙って彼らの雑談に耳を傾けている。話しかけられれば、愉しげに受け答えはするが、自分から談笑の中に入り込んでくることはない。

一座の中で、彼女だけが透明なカプセルの中に区分されているように見えるが、同人たちから浮いているわけではない。毎例会皆勤のところを見ても、彼女がこの集りを愉しんでいることがわかる。

素直で豊かな長い髪に面の輪郭が隠されているが、目許が涼しく、気品のある彫りの深い面立ちである。肌が白く、その透明感に包まれて、賑やかな句会に同席している間に、杳々として溶けていってしまうような錯覚を、棟居はおぼえた。

その印象を川村にふと語ると、

「さすがに鋭いですね。彼女、実は寿命を限られているのです。乳がんで余命数ヵ月と医師に宣告されています。乳がんが発見されてから、もう限りある命を、野に咲く花のようにあるがままに生きたいと言って、すべての医療を拒んだのです。この蚊取線香に参加したのも、野の花のような人々が集まっているからでしょう」

と彼は漏らしてくれた。

棟居は笛吹彩香がまとっているこの世のものならぬような透明感の源が、初めて納得できたような気がした。

まさに彼女は生死の境界を漂う流氷のような存在である。生死の間（あわい）にある者だけを包む光が、彼女を透明な結界で仕切っているのであろう。そして、彼女の詠む俳句は、常に死という彼岸からの滅びを前提としたメッセージを伝えていたのである。

棟居は彩香の作品に強い衝撃を受けた。それは愉しい句風ではないが、圧倒的なインパクトがある。それは明日を保障されていない者の絶唱である。

彩香がブログに発表した生死の選択が注目されて、毀誉褒貶相半（きよほうへんあいなか）ばした。現代の最新医療から民間医療、宗教、その他ありとあらゆる治療法、助かる望みがあれば藁（わら）にでもすがるようにして闘病している人たちは、彩香の選択を非難、あるいは批判した。

だが、彼女は生きる望みを捨てぬ人たちの病いと闘う姿勢を、否定はしていなかった。人には生きる権利もあれば、死を選ぶ権利もある。それぞれの人生であり、生命であり、本人にとってそれでよいのであれば、それでよいという意識である。

野に咲く花が自然に芽吹き、精一杯生き、やがて自然に朽ちていくように、無理な努力をすることもなく、生命に執着（しゅうじゃく）することもなく、自然な死を迎えたいと考えている彩香自身の選択を変えようとはしなかった。

入会後数回目の句会で、棟居は偶然彩香と席が隣り合った。例の通り飲み会となり、座が賑やかに盛り上がってきたころ、彩香が棟居に話しかけてきた。

「棟居さんは山に登られるそうですね」

束の間、彼女の言葉が自分にかけられたものとはおもわなかった棟居は、一拍遅れて、

「は、はい。若いころ、多少は登りました」

と継ぎはぎだらけの答えをした。

彩香が自ら透明な結界を破って話しかけてこようとは予想もしていなかった棟居は、少しどぎまぎしていた。

「いまでもお若いですわ」

彩香は口許を押さえるようにして優雅に笑った。

二人の間に会話が成立して、程よく言葉が交わされた。

「私、登りたい山がありましたの」

彩香が遠方を見るような目をして言った。

「どの山ですか」

棟居は問うた。

「槍ヶ岳です。写真で見ただけですけど、あの鋭く、槍のように尖った頂に、一度でよいから登りたいとおもいました」

彼女は遠方に泳がせた視線の先に、槍ヶ岳を見ているような目をして言った。彼女の瞳には、その山影が映っているのであろう。

（いつか機会があったら、一緒に登りましょう）

という言葉を、棟居は喉元に抑えた。

彩香は棟居の素性を知っているようである。時間的に山行きのためのまとまった休暇を取れないこともあるが、彼女の身体的条件からして、登山は見果てぬ夢である。気休めのような言葉をかけるべきではないと自制した。

そのときはそれまでの会話に終わったが、次の句会に、棟居は彼女にささやかなプレゼントを用意した。

おずおずと棟居が差し出したものを見て、

「これはなんですの？」

と彩香は訝しげに問うた。

「こんなものを差し上げてお許しください。これは先日お話しした槍ヶ岳頂上の石です。以前登ったとき持ち帰った石です。こんなものを差し上げるのは失礼かとおもいましたが、あなたが槍ヶ岳に登りたいとおっしゃったので、持ってまいりました」

「まあ、槍ヶ岳の石」

小さな岩の破片を指先につまんだ彩香の目が輝いた。

「槍ヶ岳頂上に積まれたケルンの石です」

「ケルン？」

「登山者が登頂の記念に、あるいは後から登って来る人々の道標として、石を一つずつ積み重ねたものをケルンと呼んでいます。そのケルンの一石です」

「私の宝物として大切にします。本当に有り難うございます。この石を持っていれば、槍ヶ岳に登ったのと同じですわね」

彩香は満面に喜色を表わした。

小さな石ころ一つに、こんなにも喜んでくれるとはおもっていなかった棟居は、彼女の反応にむしろ感動した。

もし彩香の発症前に出会っていたならば、槍ヶ岳にエスコートできたかもしれない。出会う時期が遅すぎたことを悔しくおもうと同時に、数ヵ月ではあっても、余命のある間に彼女に出会えたことは、人生の宝の一つであったにちがいないと棟居はおもい直した。

だが、槍ヶ岳の石を贈った句会を最後に、彩香は姿を見せなくなった。川村が、彼女の病状がいよいよ篤くなって、入院したと同人一同に悲痛な面持ちで伝えた。

その日の句会は湿りがちになった。さして発言せず、その場にいるだけで圧倒的な存在感のあった彩香の不在で、同人たちは彼女を包んでいた透明感が、結界のかなたから発光していたオーラであったことを悟ったのである。

棟居は次の句会に出席すべき時間を使って、彩香が入院しているという病院に見舞った。すでに面会禁止の重篤に陥っているかもしれないが、無駄足覚悟で行ってみると、意外にもすんなりと病室に通された。

彩香は棟居を迎えるために、ベッドの上に上体を起こしていた。句会に出席していたときとほとんど変わらず、薄く頬に紅をさしているのか、血色もよく見えた。

だが、彼女を包む透明感はますます冴えて、その臈たけた美しさは凄絶ですらあった。

「突然お邪魔して申し訳ございません。どうぞ、ご無理をならさず、お寝みになっていてください」

棟居は見舞いが見舞いにならぬことを知りながらも、彼女の病状が気になって訪問したことを詫びた。同人たちも遠慮しているにちがいない。

「お忙しい中を、わざわざお運びくださって有り難うございます。とても嬉しいわ。棟居さんのお顔を見て、元気が出てまいりました。この分なら、また句会に出られるかもしれません」

と彩香は言った。

ベッドサイドに付き添っていた母親は気を利かして、いつの間にか姿を消している。

棟居は持参した果物のバスケットと共に、自分が撮影した槍ヶ岳の写真をそっと差し出した。写真に向けた彩香の目が輝いた。

「まあ、槍ヶ岳ですわね」

「数年前に穂高から私が撮影しました。お邪魔になるといけないとおもったのですが、ケルンが写っていますので、持参しました」

天を突き刺すように鋭い槍の穂の前景に、縦走路に登山者が石を集めて築いたケルンが一基写っている。

「これがケルンなのですね」

「登山者が一個ずつ石を持ち寄って築いたのです。登頂の記念であるだけではなく、後から登って来る者を導く標になります。どうせ風化してしまうものだからと、登山者が石を積まなくなれば、後から登って来る者は道標を失います。

ケルンに積む石は社会によく似ているとおもいます。どんなに小さくてもよい、自分の石を社会に積み重ねていきたいとおもっています」

「それがケルンの一石なのですね。私もケルンに自分の石を積みたいわ」

「笛吹さんの俳句は立派なケルンの石ですよ。素晴らしいとおもいます」

「私の俳句なんか、他人さまに見せられるものではありません。でも、蚊取線香の同人たちには、なにか通じ合うものをおぼえて、参加しました。そこで棟居さんにお会いできて、とても嬉しいです」

彩香はベッドの上でも句を詠んでいるらしく、ベッドサイドのテーブルにはメモ帳とペンが置いてある。

メモ帳のかたわらに置かれた小箱の内容物になにげなく目を向けた棟居は、はっとした。それは棟居があたえた槍ヶ岳の石であった。

棟居はその日をきっかけに、仕事の合間を盗んでは、彩香を病院に見舞った。見舞う都度、彼女を包む透明感は冴えざえと増し、この世のものならぬような凄絶な美しさを深めてくるように見えた。

すでに彩香は死の彼岸に片足をかけているようであった。棟居が行くと、彩香の顔に生色がよみがえるが、帰るときは精も根もつき果てたように消耗する。

「それではまたまいります」

と次回の面会を約して別れを告げるときは切ない。彩香にとって次はないかもしれないのである。

だが、時にはとても元気になってベッドから起き上がり、棟居をエレベーターまで見送ってくれることもあった。病状は一進一退しながら確実に悪化しているようであった。

ある日見舞ったとき、彩香は、

「今日はとても気分がよろしいのです」

と言って、入院中に詠んだ句を見せてくれた。いずれも死を前提とした句であったが、生死の境界にあって、可能性を推し進めていくような極限の魂の一行詩でもあった。

棟居は感動して、なにげなく、

「もし奇跡が起きて病気が治ったら、あなたはなにをしたいですか」

と問うてしまった。

一瞬、彩香ははっとしたような表情を見せた。まったく予想もしていなかったことを問われた驚きのようであった。棟居が問うべきではなかったと悔やんだとき、彩香の両目尻から涙が噴き出し、頬を伝い落ちた。

彼女を仕切る透明な結界はますます厚くなっている。手を伸ばせば届く至近距離にいながら、棟居の目には、彩香がこの世から仕切られた遠方にいるように感じられた。

彼女は結界の奥で声なく泣いていた。棟居はかけるべき言葉を持たず、茫然（ほうぜん）と立ち尽くしていた。

S区内の私鉄沿線駅に近いスーパー「チキチキバンバン」の駐車場に駐めてあったワゴン車の運転席に、男が頭から血を流して死んでいるのを、たまたま飼い犬を散歩させていた近所の住人が見つけて、近くの交番に届け出た。

発見者は、犬が異様に吠えるので不審におもって、ワゴン車を覗き、異変を発見したという。

S署から捜査員が臨場して調べたところ、死んでいた男は、所持していた運転免許証から、S区内に居住している柳川真人、三十四歳、会社員と判明した。

柳川の後頭部には鈍器で殴られたような陥没骨折があり、これが脳深部に影響して死因となったものと推測された。

S署では殺人事件と断定して、本庁に連絡した。

本庁捜査一課が臨場して来た。車内、および現場周辺を検索しても、被害者に相応するような凶器は発見されなかった。

ワゴン車にはエンジンキイがつけたままであり、車内には格闘や物色の痕跡は認められない。後部座席の窓が少し開いていた。

被害者が所持していた三万円弱の財布はそのままであり、手首にはスイス製の高級腕時計がはめられていた。殺人事件であるとしても、金品目的の犯行ではない。折から在庁番で、本庁で待機していた棟居は、S署からの連絡によって現場に駆けつけ、鑑識の背後から実況検分に加わっていた。鑑識の採証活動に立ち会う形で現場を検分する。

棟居の目が車内の床に落ちていた小さな物質に止まった。鑑識課員が手袋をはめた手を素早く伸ばしてその物質をつまみ上げ、採証用ビニール袋に保存した。

被害者の身許は指定組織暴力団一誠会系の偽装企業（フロント）・山越（やまこし）興産の社員と判明して、捜査員は一挙に緊張した。

山越興産は闇金融業のかたわら、一誠会系の飲食店やクラブ、スナックなどに備品をリースしている。一誠会の資金源であり、社員はいずれも暴力団員である。

被害者の身許が判明すると同時に、警察は犯行動機に暴力団の背後関係を疑った。

被害者の死体は司法解剖に付された。

その結果、凶器としてハンマー状の鈍器を用いて頭部を殴打し、死因は頭蓋骨陥没骨折を伴う脳挫傷。被害者はほとんど抵抗する間もなく昏倒し、死に至ったものと鑑定された。

S署に「スーパー駐車場暴力団員殺害事件」の捜査本部が設置された。

解剖の結果を踏まえて、第一回の捜査会議が開かれた。

死亡推定時間は発見日の深夜から未明にかけて。別の場所で殺害し、犯人が車を運転して現場に移動して来たか、あるいは現場で犯行に及んだか不明である。

いずれの場合にしても、被害者が犯人を車内に迎え入れているところから、顔見知りの者の犯行と推測される。

一部には、流しの犯行説もあった。

最近、駐車場で頻発している車上荒らしが、車内で眠っている被害者に気づかず、開いている窓から手を入れてドアを開け、車内を物色中に被害者に目を覚まされ、慌(あわ)てて被害者を殺害した後、一物も盗(と)らずに逃走したという説である。

「単なる車上荒らしが、凶器を携行してるか」

と問われて、

「たまたま車内にあった修理用工具などを用いて被害者を殺害し、凶器を持ったまま逃走したとも考えられる」

と答えた。苦しい答えではあるが、まったく可能性がないとは言い切れない。

捜査は被害者の交友関係から展開する。

今日の人間関係はほとんどの人間が所持している携帯電話から手繰れる。携帯に記録されている発信と着信履歴、および登録されている電話帳によって、所有者の人脈はおおかた把握できる。

ファイルされている名刺や郵便物などは一過性の古い関係が多いが、携帯電話に保存されている人間関係の情報は、おおむね新しく、ほとんどが生きている。

暴力団は現代の最先端にある情報産業（違法あるいは合法を偽装した）である。

暴力団という暴力装置が最も効果的に機能するためには、情報がキイとなる。情報の質と量が勢力を最大限に強化する。債権取り立てや、闇金融、興行などのビジネスはもとより、警察の捜査や取り締まり情報の先取り、対抗団体の情報は組織の存続と抗争の勝敗の岐路となり、友好団体においても冠婚葬祭の情報は、優位な関係位置を保てる。

最終的な解決を暴力に託す暴力団は、その存在そのものが常に臨戦態勢であり、戦いを勝利に、あるいは有利に導く武器が情報であった。

暴力団の事務所には最新鋭の通信機器を備え、構成員は少なくとも二機以上の携帯電話を持っている。情報に遅れた暴力団は速やかに淘汰されてしまう。

敵対組織、友好団体を問わず、まず情報に立ち遅れた者は、ヤクザ社会でいうところの敵には「芝居を取られ」、友好グループでも「安目を売る」。いずれも相手を優位な立場に立たせ、我が方が弱みを握られるという意味である。

被害者は三機の携帯を所持していた。これに保存されていた情報をしらみ潰し（つぶ）に当たり、最も頻度の高い連絡相手を十六件に絞った。

連絡相手は、ヤクザ社会で資金源と称する庭場（シノギ）（縄張り）内のバー、クラブ、飲食店など、個人（女性含む）、組関係、兄貴分、同僚、配下に大別される。

携帯電話に保存されていた情報と、携帯電話会社の協力を求めて領置（りょうち）した通信記録から浮上した被害者の生前の交友関係がしらみ潰しに当たられた。

電話の通信記録の提出要請は、憲法二一条の通信の秘密の不可侵に抵触する虞（おそれ）があるが、刑事手続において適法な手続（憲法三五条）によって押収することは許されると解釈されている。

交友関係を洗っている間に、犯行動機としての暴力団の背後関係の線は薄れてきた。

柳川が所属していた一誠会系暴力団には、いまのところ敵対組織や対抗団体はなく、抗争もない。

最近の暴力団の傾向として、抗争が高くつくことを学び、表面的には平和共存路線を打ち出している。

また一誠会がほぼ全国制覇を成し遂げてから、同会系に表立って対抗する組織や団体はいない。

柳川には現在、内縁の妻に加えて二人の女性がいるが、いずれにも痴情・怨恨の類いは発生していない。

暴力団の背後関係と異性関係の線は速やかに消えた。

暴力団のフロント企業社員として、柳川は生前、債権取り立てや闇金融業においてかなり悪辣なことをしていたので、彼を恨む者には事欠かない。

だが、恨みを含む者は多いが、殺すほどの恨みを持つ者となると、目ぼしい者はいない。要するに、柳川は闇金融や債権取り立ての汚れ役にすぎず、真の悪はその背後の金主である。恨むなら金主を選ぶべきであり、汚れ役一人を殺してすむという問題ではない。

捜査は立ち上がりから難航した。捜査の焦点を背後関係や異性関係から、被害者の過去に転じた。

柳川の生前の人間関係を洗ううちに、彼がフロント企業の仕事を通して知り得た債務者や関係者の弱みを材料(タネ)に、恐喝していた事実が浮かんできた。

恐喝の被害者が反撃の牙を剝きだした可能性も考えられる。

棟居は背後関係から個人的な動機に捜査方針を転換すると同時に、被害者の過去をさかのぼって調べた。

そして、彼の中学時代、クラスの番長として残酷ないじめを主導した事実がわかった。

柳川はいじめの天才であり、さまざまないじめの方法を案出して、被害者(ターゲット)に加えた。

その中で最も残酷ないじめは、「透明人間」である。クラス全体が被害者を見えない人間として扱う。見えないので、わざと突き当たったり、汚物を浴びせたりする。

教師が授業中、ターゲットを指名すると、クラス全体が、

「先生、彼(あるいは彼女)は欠席です」

と声を揃えて訴える。教師がなんと言っても欠席、あるいは死んだと言い張る。

「先生にだけ見えているのなら、きっと幽霊だ」

とシュプレヒコールをかける。

また「便刑」といって、トイレに行かせない。

「弔辞（ノリト）ごっこ」は休み時間に被害者の葬式を模して、喪主役が弔辞を読み上げる。時にはいじめられっこの仲良しに、弔辞の代読を命じ、いやがると、今度はその子をいじめの的にする。

「競売（セリ）」は、いじめられっこに無理やりに提供させた品物を、クラス全員で競売にかけ、最も高値で競（せ）り落とした者に賞品をあたえる。その賞品も番長がクラスから徴発したものである。

「メール」は、クラス全員がターゲットにいじめのメールを集中する。ターゲットが電源を切ると、さらに凄まじいいじめを加えられるので、切るに切れない。

「ゴミ集積場（タメ）」は、ターゲットの席をゴミの集積場に見立てて、各生徒が出したゴミや汚物をそこに集める。従来のシカト（無視）や、村八分や、物隠し、ありきたりのいやがらせなどは飽きたと言ってしない。暴力も用いない。

柳川にとっていじめは生き甲斐であり、彼の人生の要素のようであった。

棟居は、当時の柳川の、すでにリタイアしていた担任教師から、次のような話を聞き込んだ。

「彼にとっていじめは生き甲斐のようなものでした。いじめという目標があるので登校するんだとうそぶいていました。いじめに参加した生徒たちに連帯感をおぼえたそうです。共通の的をいじめることによって、共犯者のような意識を保っていたようです。いじめに加わることを拒否した者は敵であり、次のいじめの的になりました。

父親が暴力団系の事業を営んでいるところから、教師にも恐持てしていました。大人顔負けの悪知恵が発達し、高校生すら敬遠する堂々たる体格に、親の七光を受けて全校を支配していました。生徒たちは柳川の圧倒的な支配力のもとに、いじめに加わることによって生き延びたのです。

教師がいじめをやめさせようとすればするほど、いじめは見えないところに深く根を張り、巧妙に、陰湿になりました。全クラス、全学年が協力してのいじめの前に、教師は無力でした。柳川に睨まれれば、クラスで生きてはいけません。生徒たちにとってはいじめに加わることがサバイバルの条件だったのです。

私はあの当時、教師になったことを後悔しました。教師は人間をつくる聖職ですが、この聖職に最も必要とされるものは、人間の皮を被った悪魔と戦う力です。私にはその戦力がありませんでした。当時の、いや、いまの教師の資格は、学校の悪魔と戦う戦力です。悪魔にとって学校は人間をつくるところではなく、弱肉強食のジャングルであり、生き残るためのサバイバルレースの場なのです。

自殺者の出なかったことが、せめてもの救いです。もっともその辺が柳川の巧妙なところで、陰湿ないじめを加えながらも、自殺するまでには追い込みません。これ以上追い込むと危険だなと察知すると、手綱（たづな）を緩めます。その辺の緩急自在の呼吸が実に巧妙で、私もしばしば騙されました。手綱を緩められた被害者は、いじめではなかった、遊びにすぎないとおもいます。教師が介入しても、被害者が遊びであったと言い張れば、それ以上は追及しません。

柳川が殺されたというニュースに接し、いつかこんなことになるのではないかという予感が的中したとおもいました。もし私に少しでも力があれば、彼に取り憑（つ）いた悪魔と戦い、彼の不幸な末路に歯止めをかけられたかもしれません」

と引退教師は言って、面を曇らせた。

棟居は、さらにその教師から、いじめの標的にされた生徒の名前を聞き出した。

落合幸一（おちあいこういち）。棟居はその名前に記憶があった。柳川が生前、頻繁に電話をかけていた十六名の中の一人に、たしかにその名前があった。

「なぜ柳川は落合幸一さんをいじめの標的に選んだのですか」

棟居はさらに元教師に問うた。

「妬みがあったのだとおもいます。落合君は優秀でした。学業成績は彼が常に首位を占めて、他に譲りませんでした。柳川は常に次席で、落合君を抜けませんでした」

「落合氏はよく耐えましたね」

「柳川君が父親の仕事の事情で、父親に従いて転校して行ったのです。おかげで全校がほっとしました。しかし、その後もいじめが根絶したわけではありません。柳川が播いていったいじめの埋み火は全校に残っていました。柳川がいなくなって、学校がつまらなくなったという生徒すらいました。いじめに参加することによって、生き残ろうとしていた生徒たちが、いつの間にかいじめを愉しむようになっていたのです。

いまやいじめは、昔の軍隊の新兵いじめのように、生徒たちの伝統的遊びになっています。いじめの存在によって、一種の緊張感が生徒たちの間にあります。いじめに加わることによってサバイバルレースに参加している緊張感、そしていつ自分がいじめの標的にされるかもしれないという恐怖、それは生徒たちにとって一種の禁じられた遊びになってしまったのです」

棟居の報告を受けた捜査本部は緊張した。被害者が生前、頻繁に連絡を取り合っていた交友関係の中に、昔のいじめの標的がいた。

現在、落合幸一は社会的に名前を知られた四谷の老舗(しにせ)料亭「朧月庵(ろうげつあん)」に入婿(いりむこ)して、その社長となっている。政・財界の要人が利用することも多く、しばしばマスコミにその店名が現われて、棟居もその名前を知っていた。政・財界人とのつながりも深い。

「いじめがあったとしても、社会に出て十何年も経過すれば時効になっている。中学時代のクラスメートが社会で再会して旧交を温めるということは、べつに珍しいことではない。いじめも遊び感覚で、むしろ懐かしいのではないのか」

という意見も出た。

「担任教師の話によると、柳川にとっていじめは残忍な娯楽であり、標的は彼の娯楽の材料でした。透明人間や弔辞遊びで、そこにいながら、いない者として扱われ、生きていながら弔辞を読まれた恨みが、時効になるとは考えられません」

棟居は領置してきた担任教師が保存していた弔辞を、捜査会議において読み上げた。

「落合君。きみとの告別に、私たちクラスメート一同は喜びに震えながら、この弔辞を読んでいます。

きみはこの世になんのために生まれてきたのか。きみはただ、そこにいるだけで不快感をまき散らすバイ菌のような存在でした。ぼくたちクラスメートは、きみと呼吸する空気を一立方センチでも共に呼吸することによって、心身の奥深くまで汚染されるような気がしました。私たちは××中学校に入学して、きみと同じクラスになるという大きな不幸を分け合いました。いわば、私たちはきみという汚染の源、クラスの公害と戦う戦友でした。

いま、戦いはきみの死によって突然終わりました。クラスメートが一致団結して勝ち取った勝利ではなく、一種の不戦勝です。私たちはいま、きみという巨大な敵を失って、喜ぶと同時に、共に戦った戦友としての絆を失うことを恐れています。きみがこの世に生まれて為した唯一の善行は、この世から消えることでした。

ここに弔辞を捧げて、きみの冥福を祈ります」

まだ弔辞はつづいていたが、朗読を中止して、棟居は、

「落合幸一氏はこの弔辞を、同じ場所にいて聞いていたのです。彼がどんな気持ちで自分に捧げられた弔辞を聞いていたか、想像にあまりあります。柳川は落合氏に対して有形的な暴力は一触も用いませんでしたが、言葉によって落合氏の心をずたずたに引き裂いたのです。

また、柳川は他のクラスメートをいじめの戦友として縛り、いじめに加わらなければどうなるか、暗に恫喝しています。こんな柳川に、落合氏の方から旧交を温めるということはあり得ないとおもいます。とすると、柳川の方から落合氏に接近して行ったと推測されます。そして、落合氏は柳川の接近を拒めない立場にあったのではないでしょうか」と意見を述べた。

棟居の言葉に、捜査会議の大勢が傾きつつあった。

「つまり、落合氏がなんらかの弱みを抱えていたということかね」

那須(なす)が一同の意見を代表して問うた。

「そうおもいます。落合氏は柳川になんらかの弱みを握られて、恐喝されていた可能性があります。柳川は生前、他人の弱みを握っては恐喝していた気配が濃厚です。彼の生前の人間関係を洗って、現在残されている十六名は、いずれも柳川からなんらかの弱みを握られて恐喝されていたようですが、過去にいじめに遭った者は落合氏一人です。それも半端ないじめではありません。落合氏と柳川が頻繁に連絡を取り合っていた事実は無視できません。まず、この両人の関係を重点的に掘り下げるべきだと考えます」

棟居が朗読した弔辞は、圧倒的な説得力があった。

生きながら、この弔辞を捧げられた落合幸一と被害者の旧交を温めた動機は切り離せない。

「よし。被害者と落合氏の関係に当面、捜査の焦点を絞る。だが、落合氏は政・財界の要人とも親しい。捜査にはくれぐれも慎重を期すように」

那須の言葉が結論となった。

捜査の対象を落合幸一に絞って内偵調査が進められた。

内偵は対象者の嫌疑がまだ確定されない間、対象者に知られないような方法で嫌疑を確定するような証拠や捜査資料を集めたり、対象者の行動を密かに監視、調査したりする。

刑事訴訟法上、内偵を捜査と規定するのは難しく、あくまでも任意捜査の枠内で行なわなければならない。内偵は対象者のプライバシーを侵す虞もある。

だが、まったくプライバシーに触れずに内偵を進めることも極めて困難である。

ましてや、柳川が落合を恐喝していたという疑惑を前提とすれば、恐喝の材料は落合の表沙汰にされたくないプライバシーにちがいない。公にされては落合にとって不都合な弱みを柳川に握られて恐喝されたと疑うのは、当然であろう。

柳川と朧月庵の間には、ビジネスの関わりはまったくない。

捜査本部は落合幸一の弱みとして、性的なスキャンダルを疑った。

落合は老舗料亭「朧月庵」の女婿である。妻は家付き娘で、舅は会長として朧月庵の経営に院政を揮っている。落合幸一は社長の椅子に就いてはいるが、実権はない。店では舅のロボット、家に帰れば細君に頭の上がらない種馬である。

そんな婿養子に隠れた恋人がいて、それを柳川が嗅ぎつけたとしたら、絶好の恐喝材料となる。

隠れた恋人の存在を公にされれば、婿養子は一挙に社長の椅子と家庭を失ってしまう。

捜査は落合幸一の女性関係に絞られた。

だが、落合の身辺にそのような女性の気配はない。保身のために巧妙に隠しているのであろうが、疑わしい気配は浮かび上がらない。

幸一には浮いた噂一つなく、家庭も円満である。捜査本部の内部には、女性関係以外の線ではないかという説が頭をもたげてきた。

幸一は客の評判もよく、従業員からも信頼されていて、公私共に完璧であった。いまや店では単なるロボット社長ではなくなっている。仕事においても辣腕ぶりを発揮しており、彼が入婿してから店勢はとみに盛んになっている。

舅は近いうちに会長職を退き、幸一に全権を譲るというもっぱらの噂であった。

するると、柳川の生前の落合との頻繁な連絡はなにを意味するのであろうか。

仮に、柳川の会社が朧月庵との取り引きを求めてきたとしても、暴力団のフロント企業が出入りしているとあっては、朧月庵の暖簾を汚してしまう。そして、柳川の会社は朧月庵に出入りしていない。

恐喝のタネは異性関係でもなければ、ビジネス、その他の関わりでもなさそうである。

このとき、棟居は意識の隅にひっかかっていて、忘れるともなく忘れていたことをおもいだした。

まだ彼自身の憶測にすぎないことであったので、捜査会議には披瀝せず、独断で調べてみた。

柳川の戸籍謄本から辿ったところ、意外な事実が判明した。

なんと柳川と笛吹彩香は母親同士が姉妹のいとこであった。これまで落合に焦点を絞っていたので、柳川と彩香の関係には目を向けていなかった。もともと彩香は事件の圏外にいた。

棟居はこのとき初めて、意識にかかっていた靄の正体を見極めた。事件発生時から心に靄っていたものの輪郭がはっきりと浮かび上がった。

彼は事件の発生時、現場の車内に異物を発見した。異物は証拠資料の一つとして鑑識に保存されている。その後、事件の推移に追われて、忘れるともなく忘れていたが、あの異物がなんとなく気になっていたのである。

彼は鑑識課の資料棚に保存されている異物を確認に行った。そして、異物の正体について確信した。

まちがいない。棟居が彩香に贈った槍ヶ岳のケルンの一石である。

さらに、笛吹彩香も柳川と落合と同じクラスであったことがわかった。クラスの卒業写真もなく、彩香はまったく事件の圏外にいたので、この事実に気がつかなかったのである。

棟居は久しぶりに彩香に会いに行った。すでに病状は篤く、句会にはまったく出て来ない。見舞いに行っても面会謝絶になっているかもしれない。

案の定、病院の受付では面会を拒まれた。棟居はそこを押して、事情を明らかにし、数分でもよいから会いたいと粘った。

受付は彩香の病室と連絡を取り、特別に面会を許された。

彩香はベッドの上に上体を起こして、棟居を待っていた。意外に元気そうな顔をしていた。だが、これまでのように化粧をせず、顔色は紙のように白く見えた。それがますます輪郭を鋭くして、冬の朝の空のように冴々と見えた。

「今日あたり、棟居さんがいらっしゃるような気がしていました」

彩香は棟居の顔を見ると言った。

棟居には、彼女が訪問の意図を察知しているような気がした。

「お元気そうですね。槍ヶ岳は無理としても、上高地辺りまでなら行けそうですね」

棟居は気休めを言った。

「もし奇跡が起きて治ったら、上高地に連れて行ってくださいます？」

彩香は真顔で棟居の顔を覗き込んだ。いま、彼女にとっては奇跡以外に選択肢がないのである。棟居は彩香の顔を見ているうちに、来意を告げられなくなった。おそらく今日の訪問が最後となるような予感がした。

化粧を省いた白刃のような彼女の冴え渡った顔に、その覚悟のほどが示されているように見えた。

棟居は俳談を少し交わしたのみで、腰を上げた。わずかな会話で、彼女の消耗は目に見えた。

「外はいいお天気ですわね」

棟居が辞去しかけると、彩香は窓の外に目を向けて言った。

「棟居さんと一緒に喫茶店（カフェ）の窓から街を見ながら、コーヒーを飲みたいわ」

少々身動きできる人間であれば、簡単に叶（かな）えられることが、彩香には絶対的に不可能な悲願となる。

「すぐに一緒に飲めますよ」

棟居は気休めを言いながら、胸が熱くなった。

「そんなときがまた来たら、どんなにか嬉しいでしょう。カフェの窓の外にはそれぞれの人生を背負った人たちが歩いています。私は棟居さんと一緒に、香りのよいコーヒーを飲みながら、ぼんやり窓の外を眺めています。棟居さんとご一緒しているのに、なんの言葉も交わさず、道を行く人たちを見ているなんて、もったいないわね。そんなときの私は、きっと街を歩いているどこのだれとも知らない人と人生を取り替えたいとおもっているかもしれません」

「人生を取り替えたい……」

「私のような者と人生を取り替えたいとおもうような人はいないでしょうけど、まったく知らない人と人生を取り替えるというのは、なんとなくロマンティックですわ」

彩香は空の一部しか見えない窓の外に遠い視線を泳がせた。

捜査本部では柳川と落合幸一の関係掘り下げに目ぼしい成果もないまま、落合の任意同行要請を検討していた。

これまでの捜査では、落合以上の線は浮上していない。那須は落合の事情聴取に消極的であったが、やむなしという姿勢である。

この時期、棟居は笛吹彩香の訃報を聞いた。折から気象庁から開花宣言が出されて、前日の雨によってたっぷり水分を補給された都内、都下、および近郊の桜が一斉に開いた。

棟居には桜が好きであった彩香が、その開花と共に逝ったような気がした。血腥い現場を渡り歩く刑事にも、桜は血の汚れを清めるかのように、艶やかな姿をもって立ち上がった。

その日、聞き込みから帰って来た棟居に、一通の封書が配達されていた。差出人は笛吹彩香と繊細な文字で書かれている。

封を切ると、和紙の便箋に次のような文言がしたためられていた。

「蚊取線香のわずかな月日でございましたが、私にとって棟居さんとの出会いは永遠のように愉しゅうございました。この手紙を棟居さんが読まれているときは、私はすでにこの世になく、桜が満開のころとおもいます。

最後にお目にかかったとき、棟居さんはいつもおっしゃる次の訪問日のお約束をなさいませんでした。おそらく私の死期を悟って、これが最後とおもわれたのでしょう。

あの日、私は棟居さんがいらっしゃるような予感がいたしました。そして、そのご訪意もわかっていました。でも、棟居さんは事件についてはなにもおっしゃらず、お帰りになりましたわね。

そうです。棟居さんがお察しの通り、私が柳川を殺害しました。おおかたご承知の通り、私は落合幸一と愛し合っていました。幸一さんとは中学が同級で、密かにたがいに好意を抱いていました。そのことに気づいた柳川が、学業成績も幸一さんに敵わないこともあって、いじめの標的にしたのです。幸一さんは遊びにすぎないと笑って耐えていました。でも、幸一さんの心に終生忘れられない屈辱の疵となって抉られていたことは、私には痛いほどわかっていました。

卒業後、私たちは社会の三方に別れましたが、奇しき縁と申しましょうか、幸一さんが結婚後、私たちは再会しました。幸一さんはすでに結婚されていましたが、社会人となって、私たちは中学時代の秘めた初恋を大人の恋として燃やしたのです。不倫の愛でしたが、私たちは真剣でした。不毛の愛であることはわかっていても、離れられなくなっていました。

ある日、幸一さんと共通の時間を過ごしてホテルから出て来た姿を、通り合わせた柳川に運悪く見られてしまったのです。それから柳川の恐喝が始まりました。柳川がいとこの私に性的な関心を抱いており、私が幸一さんと仲がよいのを妬んだのです。柳川は幸一さんから金品を恐喝しただけではなく、私の身体まで求めました。幸一さんは私との関係を絶対に公にできない立場にありました。私が身を引いても、不倫の事実が消えるわけではありません。

そのころ、私は乳部に異常を感じて医師の診察を受けたところ、最善の医療を受けても余命五年、生存率六〇パーセントという診断を受けました。複数の医師に診てもらっても、同じ診断の進行性がんでした。

どうせ助からない命であるなら、私の命に代えて幸一さんを守ろうとおもい立ったのです。その時点から、私は一切の医療を拒みました。私にとっては、自分の命は幸一さんを守るための廃物利用でした。世間からさまざまな批判を受けましたが、医療拒否の真の理由を告げるわけにはいきません。もともと幸一さんと再会して愛し合うようになったとき、不毛の愛にいつかは終止符を打たなければならないことは覚悟していました。柳川の殺害にはなんの困難もありませんでした。幸一さんの件で話し合いたいと言うと、柳川はなんの警戒もせずに出て来ました。

当時、入院はしていましたが、一人で身動きできる程度の体力は残っていました。深夜、指定した時間に病院の通用口に迎えに来た柳川のマイカーに同乗し、スーパーの駐車場に誘い込み、柳川の油断を見すまして、隠し持って行ったハンマーで、柳川の頭を力一杯叩きました。柳川は一撃で昏倒してしまいました。柳川を殺害しても、幸一さんが疑われてはなんにもなりません。そこで、棟居さんに犯人が私であることがわかるようにと、いただいた槍ヶ岳の石を残して来たのです。

このことについては、幸一さんはなにも知りません。私が一人で勝手に計画し、行なったことです。不毛の愛もこのような形に使えれば、価値があったと申せましょう。

棟居さんと知り合ってから、わずかな期間は本当に愉しゅうございました。せっかくの決心が揺れることもありました。余命五年、六〇パーセントの生存率に賭けて病気と闘ってみようかとおもったこともありました。できることなら、人生をやり直してみたい。棟居さんから、もし奇跡が起きて、病気が治ったらなにをしたいかと問われたとき、私は幸一さんのために使い捨てようとした命について迷いました。その想いが一挙に溢れて、見苦しいさまをお見せしてしまったのです。

医師の診断は正しく、私は予告された余命を使い果たしました。今年の桜の開花を見て死ねたのはせめてもの幸せですが、棟居さんに同行して上高地へは行けなくなりました。お会いできたことを神に感謝して、お別れの言葉といたします。

さようなら。これが永遠の別れであるならば。彩香」

手紙は以上で終わっていた。

棟居は読後しばらく茫然としていた。彩香の遺書ともいうべき手紙の文意は意味深長である。それは犯行の自供であると同時に、棟居に対する秘めた愛を告白しているようにも釈れる。

いまにして、棟居は句会で詠んだ作品が、棟居に宛てた彩香の秘めた愛であることを悟った。そして、棟居も彼女を愛していたような気がする。

特に彼女が病いに患わされて、あらゆる医療行為を放棄して、自然のままに任せると聞いたとき、彼女の尋常ならざる決意の底に秘められたものを探った。

生と死の境界を漂流しながら詠んだ絶唱の作品には、生死両岸に別れる恋人同士の切なさが詠い込まれているとおもっていたが、さらにその底に、どうせ実らぬ恋を廃物利用して恋人を救おうとする意志があった。

深夜、彩香がベッドに縛りつけられていた身体を奮い起こし、余命に残る力のすべてを集めて、愛する人のために柳川を殺しに行った。懐中に密かに用意した凶器を隠し持ち、よろめく足を踏みしめながら、寝静まった病院を抜け出して行く彩香の姿は、想像するだに鬼気せまるような光景である。

法は生きている人間に対してだけ適用され、死者には及ばない。ある意味では、彩香は愛する男を救うために死の彼岸に逃げたともいえる。死の彼岸まで司直は追いかけて行けない。

だが、せっかくの決心を棟居が介入して動揺させた。彩香は棟居に出会って、新たな人生を夢見たようである。そのときはすでに遅かった。

発症時であれば最善の治療をして、五年の余命、六割の生存率はすべての医療を放棄している間に悪化して、生存率は絶望的になっていた。もし発症時から治療していれば、日進月歩の医学によって、余命と生存率はもっと引き延ばせたかもしれない。

彩香は、落合にはなにも話していないと言っていた。恋を廃物利用しようとした決意も、また彼女の病いについても、落合は知らされていない。落合は柳川が死んで、さぞやほっとしているにちがいない。まさか彩香が、自ら人柱（廃物利用）に立って害虫を駆除したとはおもってもみないであろう。

棟居が奇跡が起きたらと問いかけたとき、彼女の目から涙が噴き出した。彩香はその涙について遺書に書いていたが、棟居に出会うのが遅すぎた無念の涙であったかもしれない。

もしもう少し早く出会っていれば、人生をやり直せたかもしれないとおもったとき、無念のおもいが噴き出したのではないのか。

おもえば、棟居は死の岸辺に片足かけた女性と、期限つきの恋をしたことになる。

「棟居（ムネ）さん、どうした。ぼんやり、心ここにあらずといった体だぞ」

と同僚の草場（くさば）から声をかけられて、棟居ははっと我に返った。

とりあえず彼が直面している問題は、彩香の〝遺書〟を捜査会議に披瀝すべきかどうかということである。披瀝しなければ、落合幸一にかけられた嫌疑は晴れない。披瀝すれば、彩香は殺人犯となる。

だが、棟居が彩香の遺書を握りつぶしてしまえば、彼女が人柱に立った意味がなくなってしまう。棟居は遺書を捜査会議に提出することにした。

棟居の束の間の恋は終わった。棟居は、彩香を早すぎる死に追いやったのは自分のような気がした。

短日（みじかび）の余命を問うや恋終わる

ふと口をついて出た。

遺書配達人

棟居は四国の松山に、捜査に関連して出張した。用務を果たしてから、かねてより心を寄せていた遍路の霊場のうち、一、二場まわってみようとおもい立った。出張目的は解決した担当事件の裏づけ捜査であり、慌てて帰る必要もない。

四国の霊場八十八ヵ所をまわる遍路はリタイア後の課題として、せめてこの機会に一、二寺巡拝してみたいとおもった。

白衣に菅笠、白の脚絆に手甲、草鞋履き、白木の金剛杖に頭陀袋などを用意する時間はないが、巡礼者に混じって霊場を巡拝すれば、遍路の気持ちに触れられるであろう。

血腥い現場を渡り歩いている棟居は、たまの休暇に禊ぎを兼ねて山に登る。棟居の青春の追憶がパックされている山に帰って来ると、現場の血にまみれた心身が清められるような気がするのである。

休暇には山に行く機会があるが、四国遍路に触れるようなチャンスはめったにない。

那須警部は、非常事態が発生すれば携帯で呼ぶから、一、二寺といわず五、六寺まわって来いと言ってくれた。だが、その言葉に甘えてはならない。

伝統的な遍路は、白衣、菅笠、草鞋履き、鈴を振り、御詠歌を歌いながら、遍路途上の家に米や金銭を乞いながら霊場をめぐる。

菅笠には弘法大師と同行という意味で、同行二人と記し、巡礼した寺院の印を印帳に捺してもらう。この四国霊場巡拝は、現世と死後の幸福に最も功徳があると信仰され、富裕の者も生涯一度は最少限の旅費で遍路に出るという。

今日の遍路は、服装などはおおむね伝統を守っているが、内容はかなり観光化してきている。信心が中核にあっても、すべて途上の人家の布施にすがって、食うや食わずの苦難の旅ではなくなっている。

多数派は、余生の課題としてリタイア後、夫婦、あるいはグループで、遍路宿を泊まり歩きながら、美しい風光を結ぶ霊場を物見遊山気分で巡拝して行く。

本来は足で巡っての遍路であるが、手っ取り早く遍路バスが一日コースから全周コースまで、多彩なコースを用意している。

霊場の中にはホステルを併設しているところもあって、もはや苦難の旅という色合いは薄れている。

季節は四国が最も美しい春、菜の花や蓮華(れんげ)の花に彩られた遍路道を、時には海を望み、崖を伝い、森林を分けて巡拝する。想像するだに心がうずく永遠の郷愁のような光景が展開する。

棟居が特に四国遍路に心を動かされたのは、俳句からである。

遍路ゆくひとりひとりの暗渠を持ち　田川飛旅子
お遍路の美しければあはれなり　年尾
ひろびろと灯を入れて待つ遍路宿　青畝
雨の傘たたみて遍路宿を乞ふ　春樹

遍路はたぶんに観光化してきていても、巡拝者の心の奥にはそれぞれの暗渠(あんきょ)があるのであろう。

病気、災害、倒産、人間関係、家族の不和、失恋、失業など、さまざまな不幸を抱えた人々が遍路に救済を求めて来るのは、いまも昔も同じである。

現場の汚れを遍路で洗い清めようとしている棟居も、心に暗渠を抱えている。この世とあの世の間を踏み伝うような遍路の姿は、美しくも哀れである。そんな遍路の道筋には、今日でも「接待」という旗が出ていたり、「接待あります」と掲示があったりするという。

遍路はべつに物乞いをするわけではなく、喜んでこれらの志を受ける。貴賤・貧富、身分を問わぬ信仰に根ざす旅には、常に人生の陰翳が刻まれている。

そんな一日の遍路に疲れた巡礼が、暮れかけた道で雨に遭い、遍路宿に傘をたたみながら一夜の宿を乞う情景には、人生の哀感がある。人生という重荷を背負った遍路が、一日の旅に疲れた身体を遍路宿に寄せる。どんなに荒廃した心の持ち主でも、遍路宿の灯火を見たときは心が和むであろう。

棟居は遍路を詠んだこれらの句想に接して、一寺でも二寺でも霊場を巡拝して、遍路宿に泊まりたいと願った。それも霊場に併設されたホステルではなく、遍路の道筋にある昔ながらの遍路宿である。その願いをついに実現する機会がきたわけであった。

八十八ヵ所の霊場中、松山市域には西林寺以下六山あり、隣接する温泉郡には二山、近郊の今治市には二山ある。その気になれば、一日ないし二日間で十寺巡れる。

だが、棟居は霊場の数を稼ぐのが目的ではない。遍路の気分に浸りたいのである。

とりあえず市の東部にある四十九番浄土寺、五十番繁多寺、五十一番石手寺をタクシーでまわり、遍路宿を探した。市内には棟居のイメージに合う遍路宿がない。

暮れまさる遍路の道筋に暖かげな灯火がまたたき、雨の中に傘をたたんで一夜の宿を乞うような遍路宿に泊まりたい。

松山市内にある宿は、いずれも近代的なホテルか旅館であって、遍路宿ではない。松山は俳都と呼ばれるほど俳句の盛んな町で、正岡子規以下、錚々たる俳人の句碑が市中至るところに立っている。

市内東山にある石手寺を巡拝すると、春の陽も傾きかけていた。棟居は、待たせていた車に乗り込むと、

「できれば海の見える街道筋、一軒だけ離れた遍路宿に心当たりはないか」

と問うた。

「この辺の旅館はみんな遍路宿ですが、海の見える一軒屋の宿となると、さあ、あり

ましたかなあ、もし」

と運転手は記憶を探るような顔をした。

街道筋に昔ながらの遍路宿の看板を出している旅宿は少ないらしい。

「たしか、今治のほうにそんな感じの旅館があったような気がするぞなもし」

運転手はようやくおもいだしたような顔をした。

「そこにやってください」

タクシーで市中の霊場を駆けまわり、旅館の入口に乗りつけたのでは、「傘をたたんで宿を乞う」の旅情はないが、限られた時間内ではやむを得ない。あいにく雨も降っていない。

市中を出ると、家並みがまばらとなり、通行車も少なくなった。複雑な地勢に沿って道は起伏を伴いながら屈曲を繰り返す。

松山から196号線を伝い、今治方面に向かう。背後の丘陵にそびえる松山城が遠のいて行く。堀江を過ぎると道は海岸線に沿い、鉄道は右手に並行して走る。夕闇は海の方角から蒼茫(そうぼう)と押し寄せてくる。沖合はるかに島影が霞(かす)んでいる。運転手が防予諸島だとおしえてくれた。

通行車は絶えないが、白衣、菅笠の遍路姿は見えない。遍路はいても、車道を避け、裏道を歩いているのであろう。

間もなく車は山の方角に折れて、一軒の旅館の前に止まった。それはいかにも昔ながらの旅宿であった。遍路宿の看板こそ出ていないが、夕闇の中にぽつりと灯(とも)った軒灯は、まさに棟居のイメージの遍路宿である。できれば徒歩で来て、宿を乞いたいところである。

雨は降っていないが、雨傘をたたむような気持ちで軒灯の照らす表戸を引き、宿を乞うた。

「あいにく今夜は混み合うておりましてな、相部屋でよろしければ」

と宿の主らしい男が恐縮しながら言った。遍路宿は相部屋が常識である。棟居にとっては、まさに望むところであった。

相部屋の客は東京から来た野田(のだ)と名乗る六十代、温和な感じの男であった。いかにも遍路灼けしたように、顔や露出した手の皮膚に太陽の光がたっぷりと浸み込んでいるようである。

野田は、当初は緊張しているようであったが、各部屋順番らしい風呂に相部屋のよしみで一緒に入り、食堂で食事を共にしたあたりから、次第に打ち解けてきた。

　食後は宿泊客がロビーに集まって歓談する。見ず知らずの宿泊客がロビーで打ち解けて、各霊場やコース、遍路宿などの情報を交換している。まさにここは遍路宿であった。

　遍路に関する情報交換が終わると、次第にそれぞれの遍路の理由について語り合うようになった。

　その夜は全館満室で、十四組、ロビーには二十人近い客が集まっていた。打ち解けると、それぞれが自己紹介して、遍路に出た動機を語り合う。リタイアした夫婦が三組、倒産した商店の社長、リストラされた人、がんで余命半年と宣告された人、親に結婚を反対されて駆け落ちを兼ねたカップル、いじめにあって自殺した我が子の供養を兼ね、再起を図ろうとして来た夫婦など、この宿にはいずれも人生の重荷を背負った巡礼者ばかりで、観光遍路はいない。

　聞くところによると、観光遍路は団体で、大型旅館やホテルに泊まるそうである。

　変わり種は棟居と相部屋になった野田で、彼は区役所の吏員（りいん）をリタイアして、現役時代、世話をした行路病者や、ホームレスの遺書を遺族に配って歩いているという。

一同は棟居の素性を知って、一様に緊張すると同時に、興味の色を示した。

その夜は社会の八方から遍路宿に集まって来た人々の間に雰囲気が盛り上がり、夜が更けるのも忘れて語り合った。明日の朝になって別れれば、生涯二度と会わないような人たちばかりであるだけに、名残（なごり）が尽きないようである。

それぞれの宿泊客の身の上話には、人生の重みが感じられた。その中でも特に棟居が興味を引かれたのは、野田の話であった。

東京に集まるホームレスには、以前は社会のあらゆるしがらみから離れて自由になろうとして、自分の意思でホームレスになった趣味的な者がいたが、最近はそのようなタイプは絶滅して、出稼ぎに上京したものの職はなく、帰る旅費もなくなり、やむを得ずホームレスをしている人が多いという。

旅費を貯めて帰郷したいという意思が、路上で暮らしている間に磨滅して、本物のホームレスになってしまう。また本人はホームレスになった意識がないのに、行路病いを得て医療費もなく、路上で死んでいく人もいるそうである。

「そういう人たちは自分の死を予感しているのか、遺書を書いている人が多いのです。私は現役中、ホームレスや行路病者の支援をする仕事をしておりましたので、遺書があり、郷里のわかっている人たちの遺族に遺書を届けてまわっています。感謝されることもあれば、なぜもっと早く遺書を配ってくれなかったかと怒られることもあります。また中には、いまさらこんな遺書を届けてもらっても悲しいだけですと突き返されることもあります。でも、亡くなった人たちのおもいを残した遺書を遺族に届けるのが私の使命だとおもって、つづけております」

「そんなにたくさんの遺書を預かったのですか」

と棟居が問うと、

「役所を退いた後もボランティアで、ホームレスや行路病者の支援をしております」

野田は答えた。一同はしんみりとして、野田の話に耳を傾けている。

「今回の旅行では、あと一通、届ける遺書が残っています。この遺書を書いた人はホームレスですが、殺されました」

「殺された……」

「犯人はわかっていません。新宿の西口の公園で就眠中、複数の人間に襲われたらしいのです。犯人はまだ捕まっていません。死体がこの遺書をつけていました。亡くなったホームレスとは生前、昵懇（じっこん）にしておりまして、駅のトラッシュ・ボックスから拾った雑誌などを売って貯めた金で、街頭売りのネックレスを買い、娘に送るのだと言っていました。これがそのネックレスですよ」

と言って、野田は、ネックレスを自ら着けたホームレスの写真を取り出して見せた。

街頭で一時期、ヒッピーが手製のアクセサリーなどを売っていたことがある。棟居も新宿署の牛尾に見せてもらったことがあった。ヒッピーの手製とはいいながら、プロの細工師顔負けの逸品もあり、けっこう人気を集めていたそうである。それを郷里で待っている娘に土産として買ったのであろう。

「この写真は？」

「私が撮影しました」

「それでは、遺書と一緒にネックレスも届けるのですね」

「ところが、遺体にネックレスはありませんでした。たぶん犯人がネックレスに興味を持って、殺害後、奪って行ったのだと思います。そのネックレスはカトマンズという呼び名の国籍不明の外国人の作品で、知る人の間ではとても人気がありました」

「カトマンズなら、私も名前を聞いたことがあります」

棟居は偶然の符合に驚いた。

翌日、一同と別れた棟居は、車で今治市に向かい、五十五番南光坊(なんこうぼう)、五十四番延命(えんめい)寺をまわって帰京の途についた。

別れ際、再会を約したが、いずれもその約束が実現しないことを知っている。知りながら、旅先で交わす約束は、べつに不実ではなく、人生の途上で出会った旅人たちの挨拶のようなものである。

一夜の宿であったが、それぞれの人生の重荷を分け合った同志のような気がする。一夜の同志であるが、その縁(えにし)は濃い。縁は濃くても、約束を果たせない遍路の旅である。

一夜の遍路宿であったが、充実した一夜であった。棟居は山の旅とは異質の心身の禊ぎをしたような気がした。

山旅では行きずりの他人と人生の重荷を分け合うようなことはあまりない。リュックを担いでやることはあっても、人生の重荷は分け合わない。遍路の宿では、巡礼者同士が語り合うことによって、それぞれの重荷を一夜単位で分け合う。一夜単位であっても、重荷を共同で負担することには変わりない。

語り合うことによって分け合っているのである。分け合うと、一夜だけでも心身が軽くなる。棟居にとっては、それが現場で背負い込んだ被害者の生命の重みを軽減する。

「なんだ、もう帰って来たのか。鈴を鳴らしながら、殊勝に巡礼をつづけているとおもっていたのに」

出勤した棟居を見て、那須が少し失望したような声を出した。

「巡礼をつづけていると、帰りたくなくなってしまうような気がしましてね、遍路には独特の毒があります。遍路の毒に取り憑かれると、八十八ヵ所、永遠に循環するようになるそうですよ」

棟居は宿の主人から聞いた遍路のリピーターの話をおもいだした。

「それは困る。霊場の遍路もいいが、現場を忘れてしまっては困る」

「それ、洒落のつもりですか」

「洒落ではない。社交辞令だ」

「もっとひどいですよ」

一同がどっと沸いた。棟居が土産に持ち帰った一六タルトは、あっという間に一同の胃の腑に消えた。

一泊五山のインスタント遍路であったが、棟居にとってこの体験はインパクトが強かった。もしまとまった休暇が取れたら、八十八ヵ所霊場をすべて追完したい。宿の主が言ったように、棟居もお遍路中毒にかかってしまったかのようであった。特に一夜の遍路宿での体験は貴重なものであった。

帰京後、相部屋の野田から聞いた新宿・中央公園でのホームレス殺しは牛尾に問い合わせて、いまだ犯人の手がかりすらつかめていないことを確かめた。

「被害者は所持品から、愛媛県大洲市出身の来島秀治（くるしましゅうじ）という人であることがわかりました。東京に出稼ぎに来て、仕事のないまま路上生活を始めたようですが、中央公園で就眠中を襲われたのです。犯人は少なくとも二人以上、複数の犯人に袋叩きにされたらしく、全身に打撲創、死因は頭蓋骨骨折を伴う脳挫傷でした。現場の近くに被害者の頭部外傷に該当する血のついた石が放置してあって、これを凶器として用いたと見られています。なんの動機もなく、行きずりの面白半分の殺人と推測されています」

「面白半分で人の命を奪うのですね」

今日では珍しくない殺人の動機であるが、棟居は暗然となった。

これが犯人を被害者の立場に置いてみたらどうか。犯人自身が面白半分で殺される場面を一片(ひとかけら)でも想像したら、殺意は失われたはずである。

そんな想像ができるくらいなら、人を面白半分に殺すことは決してない。

「犯人には必ず余罪があります。これから同じような罪を重ねるかもしれません」

牛尾は犯人必検の決意を眉宇(びう)に示していた。

深夜の大都会のコンビニは、一種のサロンのような状況を呈する。どうして真夜中にこんなにも大勢の人間が起きているのだろうかと不思議におもわれるほど、深夜になると多様な人間が集まって来る。

コンビニの深夜の客の多数派は、夜の仕事の遅い人種である。終電車が出た後は遅い通勤客と入れ替わるように、昼は家の中に閉じこもり、深夜になってから起き出してくるオタク派や、独り暮らしの人たちがやって来る。その後からタクシーの運転手が立ち寄る。彼らにとってコンビニだけが、鎖国時代の長崎の出島のように、社会に開くドア口なのである。

深夜族の買い物はおおかた弁当、寿司、にぎり飯、パン、ソフトドリンク、日用品などであるが、女性は袋菓子をよく買って行く。夜遅く帰宅して、疲れているであろうに、ブックコーナーで漫画や雑誌の立ち読みをしているのは、若い男ばかりである。

深夜のサロンとはいいながら、客同士が交流することはまずない。サロンではあっても、人間のぬくもりのない侘しいサロンであった。

まったく交流がないわけではない。コンビニの前には若者が屯して、ペットボトルのドリンクやサンドイッチで宴会を始め、深夜にも憚らず騒いでいる。ひところの暴走族のたまり場になっているわけではなく、フリーターやニートでもなく、学生でもなく、社会の隙間に落ちこぼれたような、おおかた未成年の若者たちが無目的に集まり、騒いでいるだけである。

コンビニ深夜族が出盛る午前一時を過ぎると、店外のグループも次第に解散してくる。彼らもギャラリーがいないとつまらないらしい。

午前二時を過ぎると、始発電車で出勤する早朝族や、早番のタクシーが来るまで真空時間帯となる。その間、まったく客がないわけではなく、ぽつりぽつりとおもいだしたように正体不明の客が来る。

おにぎりや弁当やビール、ペットボトルの烏龍茶などを大量に買って行く。マンションかアパートで深夜の宴会でも開いているらしい。

真空時間帯に来る客は大量買い上げが多いので、決して真空ではない。まさに不眠都市の象徴がコンビニであった。

人間、目が覚めている間は飲食をする。コンビニの激戦区ほど大型マンションが犇(ひしめ)き合い、住人の営み、特に食欲が旺盛である。

コンビニとしては深夜の店員の確保が死活の条件になってくる。二人、店員を置きたいところであるが、人件費と人手不足から一人店員の店が多くなっている。

午前三時過ぎ、客足が途絶えた隙間を狙うようにして、世田谷区内のコンビニで事件が発生した。

グレーのブルゾンに黒いニットのスラックス、夜間なのに濃いサングラスをかけた若い男の客が入って来た。店内を一瞥（いちべつ）すると、防犯カメラの死角を巧みに縫ってレジ台に近づき、そこにいた女子従業員に刃物を突きつけ、「金を出せ」と要求した。

若い女子店員は唇の色まで白くなって、レジを開こうとしたが、指先が震えておもうに任せない。

「早く出せ。なにをもたもたしてやがる」

サングラスをかけた賊はいらついた声を出した。

「はい、はい」

震えながら、ようやくレジを開いた女子店員に、賊は持参して来たバッグを差し出し、

「この中に金を詰めろ。早く」

と凶器の先でカウンターを叩いた。女子店員はますます恐怖に萎縮して、レジから取り上げた札が、袋に入れる前に床にこぼれ落ちた。

「落ち着け、馬鹿野郎」

賊は罵（のの）しった。札がある程度バッグに入った感触に、賊は、

「そこから動くんじゃねえぞ」

と捨てぜりふを残して、店の出口に向かった。ドアを押そうとした矢先、外から客が入って来た。一拍おいて女子店員が、

「助けて。強盗、人殺し」

と金切り声をあげた。その悲鳴に最も反応したのは賊である。

入って来た客と鉢合わせした瞬間、両者は驚いたようであったが、女子店員の悲鳴に賊は手に隠しもっていた凶器を突き出した。無防備の客は咄嗟に半身を開いて躱そうとしたが躱しきれず、脇腹を突かれた。

突かれながらも客は怯まず、賊に組みついた。その弾みに賊の手から凶器が落ちた。うろたえた賊は、金を入れたバッグで客の顔面を叩いた。バッグから奪ったばかりの札がこぼれ落ちて、宙に舞った。それを拾い集めている暇はない。客が怯んだ隙に賊は逃走した。

客は女子店員が呼んだ救急車で救急病院に搬送された。幸いに脇腹の傷は動脈をそれ、生命には別状なかった。

被害金額は十万弱。約二十万円は客と鉢合わせして格闘になったとき、バッグからこぼれ落ちてしまった。レジスターの床にも数枚の一万円札と千円札がこぼれ落ちて

いた。

賊は防犯カメラの死角を巧妙に衝いており、あらかじめ現場の下見をしていたことがうかがわれた。

不幸中の幸いにも、被害金額は比較的少なく、被害者の傷も軽傷ですんだが、改めてコンビニの無防備が浮き彫りにされた。

深夜営業のコンビニはタクシーよりも大きな金額がレジに蓄えられていて、ほとんどが深夜一人勤務制である。防犯機器の設置や、警備保障システムに加入している店は少ない。強盗にしてみれば格好の餌食である。

所轄署では、現場に居合わせた女子店員に事情を聴いたが、彼女は恐怖に麻痺していて、賊がブルゾンとニットパンツを穿き、サングラスをかけていた若そうな男という以外にはなにもおぼえていない。言葉の訛りや、身体の特徴などを聴かれても答えられない。

店の出入口で賊と鉢合わせした客も、突然、脇腹を抉られて、無我夢中で賊に組みついたが、バッグで顔を叩かれ、一時的に視野が暗くなって、賊の顔を見ていなかった。ただ、若そうな男ということは両者とも一致していた。

防犯カメラにも賊の身体の一部が写っているだけで、顔や身体の主たる部位は死角になっている。

所轄署では、賊と女子店員が共謀している可能性も疑ってみた。最近、コンビニ店員の不足により、アルバイトに頼らざるを得なくなっている。特に深夜の店員確保はコンビニの頭痛の種となっている。

アルバイト店員も毎日ではなく、週三日、隔日、あるいは週末と休日だけというような、アルバイトの都合に合わせた不規則な勤務もある。それでも過酷な労働条件と、初期のころのような目新しい職場ではなくなっていることが、人手不足に拍車をかけている。

だが、その女子店員は店の経営者の姪にあたり、強盗と共謀して売上金を奪うような容疑者像としては無理であった。

事件は都会の一隅で発生したコンビニ強盗傷害事件として、未解決のまま埋もれようとしていた。

たまたま明けで自宅にいた棟居は、コンビニ強盗事件の報道をテレビで見ていた。

職業的習性で、事件関係の報道は録画している。

レポーターが被害に遭ったコンビニ店の前で、やや興奮した口調で事件を報道し、事件発生当時居合わせた女子店員にインタビューをしていた。

店員は、すでに警察や報道機関から何度も聴かれたらしく、少し慣れた口調で質問に答えている。

「強盗犯人がお店に入って来たとき、どんな感じがしましたか」

「お客さまだとおもいました」

「夜間、サングラスをかけていて、不審にはおもいませんでしたか」

「夜間サングラスをかけている人は珍しくありませんので、べつになんともおもいませんでした」

「賊はいきなりあなたのところに来て、金を出せと要求したのですか」

「そうです。突然、刃物を突きつけられてびっくりしました」

「レジ台のカウンター越しに刃物を突きつけたのですか」

「そうです。レジ台のカウンターは幅が狭いので、刃物の先が私のお腹の部分に当たりました。とても怖かったです」

「そして、言われた通りにお金を差し出したのですね」

「お金を出そうとしたのですが、指先が震えて、レジからなかなか取り出せませんでした」

「強盗があなたから金を奪って、店から出ようとしたところで、お客と鉢合わせしたのですね」

「そうです。私は無意識のうちに救いを求めていました。私の声がお客さまを傷つけたのかとおもうと申し訳なくて」

店員は涙声になった。

「その客はあなたの知っている人ですか」

「よくお店に買いに見えます」

インタビューの間に画面が切り替わり、防犯カメラに映し出された賊と客が鉢合わせした場面が流れた。賊はカメラに背を向けた位置を占め、客の顔の一部は賊の陰に隠れている。格闘になったが、カメラの死角に入ってしまった。

つづいて、客が入院した救急病院の画面が映し出された。

棟居は、最初はなにげなく画面に目を向けていたが、インタビューが終わった後、かすかな違和感が残った。どこに違和感をおぼえたのかわからないが、意識の中でかすかに軋っている。

棟居は、録画したテープを巻き戻して、もう一度見た。違和感は残ったが、その源がわからない。三度繰り返し見たが、まだわからない。このような場合、あまり深追いすると、嗅覚のように麻痺して違和感が消えてしまうことがある。棟居は少し間隔をおいてから見直すことにした。

明けの刑事は自宅で待機しているだけで、なにも仕事はない。仏壇に水と灯明をあげ、棟居は近所の行きつけの喫茶店に出かけた。

喫茶店は自宅とちがって客の出入りがあり、空気が流れている。空気が澱んだままの自宅に独りで長時間いると、心に黴が生えてくるような気がするが、喫茶店で好みの指定席に坐り、苦いコーヒーを飲みながら流れる空気に身をさらしていると、膠着していた思考も活性化されてくる。ぼんやりと出入りする客を見ているだけでも面白い。

事件番に入ると、コーヒーを飲む程度の時間は盗めても、そんな安らぎは得られなくなる。

折よく空いていた指定席に身を置くと、とりあえず好みの苦み系のストレートをオーダーして、ゆっくりと味わいながら飲む。時間をかけて味わいたいが、かけすぎると冷めてしまう。どんなに上等のコーヒーでも、冷めればコーヒーではなくなってしまう。

一杯目を飲み終わった後、少し時間をおいて、同じストレートをアンコールする。

二杯目を飲みかけたとき、常連の若い女性が入って来た。名前は知らないが、たがいに顔見知りである。軽く会釈(えしゃく)を交わし合って、女性は棟居の近くの席に坐った。

その瞬間、棟居の脳裡に電流が走ったようにおぼえた。不躾(ぶしつけ)を承知の上で、女性の胸元から視線をはずせない。

棟居の視線は、女性がかけていたチェーンネックレスに固定されて動かない。形状はちがうが、同じような材質とデザインのチェーンネックレスに、棟居は記憶があった。おそらく同じ作者の製品であろう。

ようやく女性が棟居の視線に気がついたようである。

「失礼ですが、もしかして、いま着用されているチェーンネックレスは、新宿のたしか、ネパールとか……」

「あら、カトマンズをご存じだったのですか。嬉しいわ。これは新宿では名前を知られているカトマンズというヒッピーの製品です。人気が高くて、注文してもなかなか手に入らないのです」

女性は嬉しそうに答えた。

「せっかくお寛ぎのところを、つかぬことをおうかがいして失礼しました」

棟居は女性に詫びたが、すでに心ここにあらずといった体である。

せっかくのアンコールをそこそこにして、棟居は喫茶店から飛び出した。

彼は四国に出張したとき、遍路宿で名刺を交換した野田に電話した。野田は速やかに電話に応答した。

「野田さん。四国の遍路宿でご一緒した棟居と申します。突然電話して申し訳ありません」

「ああ、棟居さんですか。これはお懐かしい。まさか電話をいただこうとはおもいませんでしたよ」

電話口で野田の声が弾んでいた。

「実はですね、野田さんにぜひ見てもらいたいビデオのテープがあります。もしおさし支えなければ、ご指定の場所にこれからうかがいたいのですが」

棟居は性急に用件を告げた。

「毎日が日曜日の身分です。場所を指定してくだされば、こちらからうかがいます」

「それでは申し訳ありません。どこへうかがえばよろしいですか」

「住所は差し上げた名刺の通りです。私の家でよろしければお待ちしています」

「それはありがたいです。私もいま自宅の近くにおりましてね、お宅のご住所とはあまり離れていません。二十分で行けるとおもいます」

棟居は電話を切ると自宅に引き返して、例のコンビニ強盗傷害事件の報道テープを持って、野田の自宅に駆けつけた。野田の住居は渋谷区内の笹塚駅の近くにあった。

棟居は一別以来の挨拶も手短にすますと、持参したテープを早速、野田のビデオデッキにセットして再生した。

「ああ、この事件なら、私もテレビで見ました。怖いですねえ。考えてみれば、深夜、女性店員一人で店番をしているコンビニは、強盗の格好の獲物ですね。これからは銀行強盗のかわりにコンビニ強盗がはやるかもしれない」

野田は恐ろしそうに身体をすくめた。

「見ていただきたいのは、この女性店員が首にかけているチェーンネックレスです。似ているとはおもいませんか」

棟居はその場面を静止画にした。

「似ている……チェーンネックレスが……あっ」

野田はようやく棟居の訪問の真意を察したらしい。

「私は野田さんから見せられた写真を一瞥しただけなので自信がなかったのですが、コンビニ女子店員が胸にかけているチェーンネックレスが、殺害されたホームレスの遺品と同一製品のように見えたのです」

「写真を持って来ましょう」

野田は別室から、遍路宿で棟居に見せた写真を取り出して来た。

「棟居さん、まちがいありませんよ。この店員が首にかけているチェーンネックレスはカトマンズの同一作品です。カトマンズは同じ作品を二つとはつくりません。つまり、来島秀治さんから奪ったチェーンネックレスをこの店員が着用していることになります」

二人は顔を見合わせた。

殺害されたとき身に着けていたはずのチェーンネックレスを着用している者は、犯人か、あるいは犯人に関わりのある者にちがいない。

「まさか、そのコンビニの女子店員が来島さんを殺害した犯人ということでは……」

「まさかとはおもいますが、現場に犯人と一緒にいたかもしれませんね。複数の犯行と推定されています。グループであれば、女性が混じっていてもおかしくありません」

意外な局面が展開しつつあった。

棟居は野田から写真を借りると、礼を述べて辞去した。

早速、新宿署の牛尾に、チェーンネックレスの発見を伝えると、めったにものに動じぬ彼も興奮したようであった。

「カトマンズの住所は不定ですが、気が向くと、自分の作品を新宿の街頭に並べて売っています。最近、姿を見かけませんが、製品がたまれば、また姿を現わすでしょう。そうだ、彼の弟子がいます。写真があれば、充分同一性の確認ができます」

牛尾の口調は弾んでいた。

牛尾の次に、所轄の玉川署の永井(ながい)に連絡を取った。永井とは捜査を何度か共にして、たがいに気心を知っている。永井も棟居の発見に驚いたようであった。

「早速、コンビニの店員に事情を聴いてみましょう。棟居さんと牛尾さん、同行しますか」

永井が言った。

「いや、三人も顔を並べて問いつめると、吊るし上げられるような気持ちになって、解ける口も閉じてしまうかもしれません」

「それでは、せめてモーさんだけでも同席してもらいましょう」

永井は言った。

女子店員と強盗の間になんの関連性もないことはほぼ確かめられているいま、女子店員が首にかけていたチェーンネックレスが、新宿署管内で殺害されたホームレスの所持品であったとなると別件になる。むしろ、この件に関しては牛尾が采配をふった方がよいと、永井は判断したようである。牛尾は永井の配慮に感謝した。

事情聴取は永井の同席のもとに、牛尾の主導で始められた。強盗の一件での事情聴取とおもっていたらしい女子店員・中橋茜は、チェーンネックレスのことを問われて面食らったらしい。気に入りの品らしく、そのときも件の品を着用している。

そのチェーンネックレスをどこで手に入れたかと問われた茜は、質問の意図にとまどいながらも、

「もらったのです」

と答えた。

「だれにもらったのですか」

「そ、それは、お友達からです」

茜は刑事たちに、ただならぬ気配を感じ取ったらしい。

「そのお友達の名前と住所をおしえていただけませんか」

「いいですけど、このネックレスがどうかしたのですか」

中橋茜はおずおずと問い返した。

「昨年八月、新宿・中央公園でホームレスが殺害された事件を知っていますか」

中橋の問いに直接答えず、牛尾は聞いた。

「そんな事件があったのを、テレビで見たような気がしますが、よくおぼえていません」

中橋の態度は特に嘘をついているようには見えない。

「おぼえていなければ、それでけっこうです。そのチェーンネックレスをあなたにあげた人の名前をおしえてもらえませんか」

「その人に迷惑がかかるようなことはないでしょうか」

中橋の面に不安の色が塗られている。

「迷惑というよりは、責任があるかもしれませんね」

「責任？　どんな責任ですか」

「あなたにそのネックレスをあげた責任です」

「私、その人に迷惑をかけたくありません」

不穏な気配を察知したらしい中橋は、口を一文字に引き締めた。事情聴取は最もまずい方向へ行ってしまったようである。

牛尾は事実を打ち明けることにした。

「あなたが着用しているネックレスは、実は殺害されたホームレス、来島さんの所持品でした。犯人は殺害後、来島さんからそのネックレスを奪っています。ネックレスは新宿のカトマンズというヒッピーの作品で、同じ品は二つとありません。つまり、そのネックレスを所持しているということは、あなたが犯人から買ったか、もらったかしたことになります。もし、あなたがネックレスをもらった人を黙秘し通すと、犯人蔵匿の罪になります」

「私は、私は、実はもらったのではなくて、拾ったのです」

茜は供述を変えた。

「あなたはいままでもらったと言っていたじゃありませんか」

「拾ったものを警察に届け出なかったので、もらったと言ったのです。本当は拾ったのです」

「どこで拾ったのですか」

「道で拾いました。たしか家の近くの路上だったとおもいます」

巧妙な言い抜けである。拾ったと言えば、犯人との間が断ち切られる。

遺失物などを拾得して届け出なければ、占有離脱物横領罪に該当するが、大して値打ちのないがらくたのようなものを拾って保存していても、事実上、立件されることはない。

本人が拾ったと言い張る以上、任意取り調べの段階では、それ以上押せない。事情聴取は膠着状態に陥った。

「中橋さん、防犯ビデオのテープを再生しますから、もう一度よく見てください」

牛尾はこれ以上の質問を保留して、テープを再生した。ビデオは音も拾っている。

賊は防犯機器の死角に巧みに位置を占めて、レジ機のそばに立っている中橋に、

「金を出せ」と要求している。賊が差し出したバッグの中に、中橋が震える手でレジから札を移している。

レジの中身を移し終えたところで、賊はバッグを取り、出口に向かう。賊の後ろ姿がわずかにカメラに映る。左手に奪った金を入れたバッグを提げ、右手に凶器を隠し持っているが、見た目にはわからない。

賊が出入口ドアを押しかけたとき、外から入って来た客と鉢合わせした。店の出入口で彼らは面と向かい合った。客の驚いた顔が賊の肩越しに映された。一拍おいて、レジ台の方角から中橋の「助けて。強盗、人殺し」という悲鳴が迸(ほとばし)った。

愕然としたらしい賊が隠し持っていた凶器で客を刺す。入って来た客と面と向かい合った形の賊の顔は、後ろ姿になっていて見えない。

身体の一部を刺されたらしい客は、苦痛に顔を歪めながら、賊の体にしがみつく。賊の手から凶器が床に落ちた。賊は金入りのバッグを客の顔面に叩きつける。その

弾みにバッグの中から札がこぼれ落ちる。それを拾い集める余裕もなく、賊はほとんど空になったバッグを持ったまま逃走する。

「いかがです。なにかおもいあたることはありませんか」

再生したテープを見終えた後、牛尾が問うた。

「もう何度も見ましたけれど、新たにおもいあたることはありません」

茜は答えた。

「あなたにネックレスをあたえたのは、賊に刺された被害者、すなわち大井孝司(おおいこうじ)ですね」

牛尾の言葉に、中橋は青ざめた。彼女の顕著な反応が牛尾の質問を認めている。

「あなたは賊に店の売上げを奪われた直後、大井が店に入って来たので、ほっとして救いを求めた。つまり、あなたは大井を単なる客以上によく知っていた。そして、大井は賊の顔も知っていたのです。だから、防犯カメラに写っていた大井の顔は、賊を見て驚いたのです」

「そ、それは、私が、強盗、人殺しと叫んで救いを求めたから驚いたのです」

茜は必死に言い返した。

「いいえ、ちがいます。ビデオをよく見てください。あなたが救いを求める前に、大井は驚いています。意外な人物との再会に驚いたからです」

「強盗と鉢合わせをして驚いたのです」

「賊が大井と店の出口で鉢合わせをしても、賊であることはわかりませんよ。左手に鞄を提げ、右手に凶器は隠されています。大井の視線は賊の顔に向けられています。鉢合わせした時点では、大井は店から出て来た客とすれちがうだけで、強盗であることに気がつかなかったはずです。大井と強盗の間には事前のなんらかの人間関係があったのです」

中橋茜は言葉を返せなくなった。

牛尾のかたわらから永井が、

「大井の傷は生命に別状ありません。ゆっくりと手当てを受けている間に、大井と強盗の関係、そしてあなたとの関わりを聴き出しましょう」

と言った。

病院で手当てを受けていた大井孝司に、医師の許可を受けて、改めて取り調べが行なわれた。

全治二週間と診断されていたが、生命に別状なく、取り調べに充分耐えられる身体の状況であるという医師の見立てのもとに、任意取り調べの段階であったが、警察の姿勢には容疑者に準ずる厳しいものがあった。

「強盗被害時、中橋茜さんが首にかけていたチェーンネックレスはあなたからもらったと証言していますが、その品をあなたはどこから手に入れたのですか」

とのっけから問われた大井は、蒼白になった。顕著な反応であった。

「そ、それは、買ったのです」

「買った……どこで、だれから」

「そのう、あのう、新宿の街頭でヒッピーから買ったのです」

「嘘を言ってはいけないね。このチェーンネックレスはカトマンズというヒッピーの製作品だが、カトマンズに確認したところ、彼は来島秀治さんというホームレスに売ったと証言しているよ。カトマンズは同じ製品は二つつくらない。あんた、どうして来島さんが買ったチェーンネックレスを持っていたんだね」

大井は顔色を失ったまま、震えだした。

「来島さんは昨年八月下旬、新宿・中央公園で何者かに殺害された。殺されるような理由はなく、通りすがりの複数の犯人が面白半分に殺害したと見られている。その来島さんが持っていたチェーンネックレスを、あんた、どうして中橋さんにあたえることができたのかね」

「そのう、来島というホームレスからもらったんだ」

言葉遣いがしどろもどろになった。

「来島さんは生前、そのチェーンネックレスを郷里の娘さんへの土産だと言っていたそうだ。娘さんへの土産をあんたにやるはずがないだろう」

大井の震えは全身に及び、言葉を返せなくなっている。

「あんたが来島さんを殺したね。一人ではない。連れ(レツ)(共犯者)がいたはずだ。あんた一人で罪を背負うことはないよ。全部自供(しゃべ)って、すっきりしたらどうかね」

牛尾に言われて、大井は崩れた。

「殺すつもりはなかった。公園のベンチで眠っているホームレスを見て、仲間が面白がって小便をかけた。ホームレスが怒って飛びかかってきたので、ついこちらも熱くなり、殴る蹴るしている間に、仲間が手近にあった石を拾い、ホームレスの頭を叩いたところ、急にぐったりしてしまったので、驚いて逃げた。そのときホームレスが首にかけていたネックレスを奪った。申し訳ないことをしたとおもっている」

「そのとき一緒にいた共犯者は」

「フリーター仲間の友谷だ。コンビニで鉢合わせした強盗だよ。友谷は意外なところで再会したおれに驚いて、刺したのだとおもう。強盗の素性を知りながら黙っていたのは、友谷が捕まればホームレス殺しの罪が露見してしまうからだ。まさか、友谷が中橋茜のコンビニに押し入って強盗しようとは、夢にもおもわなかった。おれはその後、真面目になって働き、茜と結婚しようとおもっていた」

自供した大井は、涙を流した。だが、その涙は理由もなく殺害した来島秀治のためではなく、立ち直りかけていた自分の人生が、意外な再会によって崩壊した悔し涙であった。


大井の自供によって、友谷久が指名手配され、間もなく自分の家に立ちまわったところを逮捕された。

友谷の自供も、おおむね大井の自供と符合していたが、石で来島秀治の頭を叩いたのは大井だと言い張った。この期に及んでも、この共犯者は罪のなすり合いをしていた。

来島秀治の遺品となったカトマンズ作のチェーンネックレスは、来島の娘に返されることになった。それを預かったのは野田である。

事件落着後、野田は、

「チェーンネックレスを届けに、また四国へ行ってきます。遺族にしてみれば、悲しい想い出を新たにすることでしょうが、来島さんの想いを残したネックレスを娘さんに届けることは、なによりの供養になるとおもいます」

と棟居に報告した。

棟居は、同行二人と記した菅笠を被って四国を遍路している野田の姿を想像した。できれば一宿の縁に結ばれた棟居も同行したいところである。

棟居が四国に出張しなければ、出張帰途、遍路の一端を巡らなかったなら、この一宿の縁がなかったなら、大井と友谷が再会しなかったなら、中橋茜が事件発生時、チェーンネックレスを着用していなかったなら、いくつもの偶然が積み重ならなければ、異郷で故もなく殺害された来島の無念は晴れなかったであろう。

これらの偶然に、来島の霊が働いているような気がした。

「同行二人か」

棟居は胸の中につぶやいた。

彼の後半生には、常に同行すべきいまは亡き愛する者が三人いる。「同行四人」、これに弘法大師を加えて「同行五人」と記した菅笠を被って四国遍路をしている自らの姿を、棟居はおもい描いた。

不倫車

「おはようございます」

明るい声をかけられて顔を上げると、若い女の顔が笑いかけていた。朝の新鮮な光を受けて、生気に弾み立つような笑顔である。

「あっ、おはようございます」

少しうろたえながら挨拶を返した福島道男（ふくしまみちお）は、出勤時のやや憂鬱な気分を癒（いや）されるおもいがした。

駅近くの区指定の駐輪場である。朝の挨拶をしてきた女性の名前を福島は知らない。その住所も素性も知らない。相手も福島の名前や住所を知らないはずである。だが、たがいにこの近辺に住んでいることは推測がつく。

家から私鉄の最寄り駅まで徒歩約十五分。ターミナル駅で乗り換え、都心の会社まで約四十分。ほぼ一時間の通勤時間は、東京ではましなほうである。

徒歩十五分という距離は微妙である。歩くにはやや遠く、車では近すぎる。駅まで送迎してくれる家族はいなくなった。

福島は妻が健在なころから駅まで自転車で往復するようになった。最初は駅の近いところに放置していたのであるが、放置自転車が問題になり、区が指定する駐輪場に駐めるようになった。

特に指定の場所はないが、いつの間にか指定位置が決まってくる。指定位置を他の自転車に先取りされると、なんとなく坐りが悪い。

区の駐輪場でその女性と顔を合わせるようになり、どちらからともなく挨拶を交わすようになった。彼女の住所は不明であるが、通勤駅で毎朝出会うということは、この界隈に住んでいるのであろう。

駅の近くのスーパーで時折姿を見かけることがあったが、朝以外に言葉を交わしたことはない。

二十代半ば、都心の職場に通勤しているらしく、出勤時間がほぼ福島と同じである。愛想がよく、福島だけではなく、区の自転車整理員たちとも気軽に言葉を交わしている。

色白で目許が涼しく、彫りの深い面立ちをしている。人目を惹く美貌を地味な服装で抑えているのがゆかしく感じられる。彼女の指定駐輪位置の周辺が〝激戦区〟になるのは、そのせいかもしれない。

福島は最初から意識して駐輪場所を指定したわけではない。習慣的に好みの位置に自転車を駐めていたら、たまたま近くに彼女の指定駐輪位置があったというわけである。

乗り込む通勤車両は別になることが多かった。福島としては同じ車両に乗り込みたかったが、下心を探られるような気がして敬遠した。時折、同じ車両に乗り込むことはあっても、接近して言葉を交わすことはなかった。

ターミナル駅でＪＲに乗り換えた後は離れ離れになってしまう。帰宅時間は異なっており、福島が帰宅して来るときは、たいてい彼女の自転車は見えなくなっていた。一ヵ月に一度か二度、彼女のほうが遅いこともある。残業か、あるいは恋人とのデートで遅くなっているのか。福島は想像をたくましくした。

あくまでも朝の一瞬、駐輪場での会話とはいえない程度の短い挨拶を交わすだけの間柄である。それでも彼女と出会えた日は、一日豊かな気分になれた。その逆に会えない日は気分が晴れない。

四十代に入り、会社では戦力の中堅として営業の最前線に立っている身が、まるで高校生が意中の女子高生とすれちがったようなときめきをおぼえている。

奇禍（きか）によって妻を失ってから、そのときめきはますます強くなってきている。だが、ときめきを言葉にすることはできない。朝の駐輪場での一瞬の出会い、それ以外になんの接点もない。

ある夜、久しぶりに仕事が早く終わり、定時に退社してくると、駐輪場に自分の自転車が見えない。自転車整理員が位置を変えたのかとおもって周囲を探したが、見当たらない。

（もしかしたら盗まれたのでは……）

最近、駐輪場から頻々（ひんぴん）と自転車が盗まれている。

福島は、やられたとおもった。自転車整理員がなんの通知（ノーティス）も残さずに、他人の自転車を無断で別の場所に移動するはずはない。乗り古した自転車であるが、乗り心地がよく気に入っていた。通勤だけではなく、小さな買い物や所用、休日の散歩など、福島の欠かせぬ足となっている。

少し前にキイをなくしてしまったが、新たなキイに買い替えるのも億劫（おっくう）で、そのままに放置していた。まさかこのような古い自転車を盗む者があろうとはおもってもみなかった。古いだけに愛着がある。

福島はしばし茫然として、その場に立ち尽くしていた。

「どうなさいました」

突然、声をかけられた。彼女がそこに立っていた。

「自転車泥棒にやられたようです」

「まあ」

彼女は束の間絶句して、

「それはお困りでしょうけど、きっと出てくるとおもいますわ。駐輪場から盗む泥棒は、自転車そのものを盗むのが目的ではなく、帰りの足を無断借用するだけで、間もなく出てくると聞いています」

と慰めるように言った。

「そうだといいのですが、愛用していただけに、ちょっとショックでした」

「お宅が同じ方角であれば、二人乗りでいかがですか。でも、私には無理ですので、私が後ろの荷台に乗りますわ」

彼女は誘うように言った。

彼女の意外な申し出でに福島は驚いた。朝の挨拶を交わすだけの、未知といってよい男を、自分の自転車に二人乗りして送るという。かなり大胆な申し出である。

飛びつきたいおもいであったが、福島はこらえて、

「ありがとうございます。歩いて帰りますよ。大した距離ではありませんから」

と言った。彼女もそれ以上押さなかった。それに家の方角も異なっているかもしれない。

福島は千載一遇のチャンスを逸したような気がした。そのことが、亡き妻に対する忸怩たるおもいになった。

十歳ちがいの妻祥子は子供を産んでいなかったので、二十代半ばで通る若々しさを保っていた。職場結婚であり、会社のマドンナであった彼女と結婚した福島は、男の社員からずいぶんと羨ましがられたものである。

夫が帰って来るのをひたすら家で待っているような生活を好まなかった祥子は、結婚後も仕事をつづけることを望んだ。

同じ会社ではたがいになにかとやりにくいので、祥子は別の会社に移った。優れた容姿と、事務管理能力の持ち主である祥子は、新しい職場でもたちまち欠かすことのできない人材となった。

福島はそろそろ子供が欲しいとおもったが、会社に求められ、仕事が愉しくて仕方がないような彼女は、子供にあまり興味がなかった。

そろそろ家族設計について祥子と真剣に話し合おうとおもっていた矢先、彼女は帰宅途上、轢(ひ)き逃げされた。

祥子が轢き逃げされた現場は、自宅とは私鉄の線路をはさんで正反対の方角であった。

通行人が発見して救急車を呼び、最寄りの病院に搬送されたときはすでに息がなかった。

妻の突然の奇禍に、福島は茫然となった。あいにく深夜の路上に通行車も通行人も絶えていて、目撃者はいなかった。

事故発生後、彼女が発見されるまでの間に、現場付近に強い通り雨があり、現場にあったはずの加害車のタイヤ痕や、遺留資料などをすべて洗い流してしまった。

妻の葬儀には、生前の人気を示すようにいまの職場や前の会社（福島の会社）、また友人知己（ちき）が多数集まり焼香した。

葬儀の後、しばらく虚脱したようになっていた福島が、ようやく自分を取り戻したころ、駐輪場で名も知らぬ彼女と朝の挨拶を交わすようになったのである。

彼女は、諸事派手好みであった祥子に比べて、自分の優れた素質を恥じるかのように抑えている。それでいながら見知らぬ他人同様（ストレンジャー）の福島に自転車の二人乗りをオファーするような大胆なところがあった。

朝のわずかな一瞬であるが、彼女と顔を合わせると、祥子を失った傷が癒（い）えていくような気がする。大恋愛の末、結婚し、その後十余年、蜜月時代の甘さを維持してきた夫婦が、配偶者の喪失を早くも別の女性、それも名も知らぬ彼女によって癒しかけている。

これは一体どういうことかと、福島は自らに問うたが、新たな録画によって前の録画を消去していくようなおもいを拭えない。

現実に彼女に会うと、祥子の面影は塗り潰（つぶ）されていく。死んでまだ日が浅いのに、オーバーラップした彼女の面影の下に隠れて色褪（フェードアウト）せていく。

その後、轢き逃げ犯人の捜査ははかばかしくないようである。折からの通り雨に加害車の証拠資料がほとんど洗い流されてしまったために、車の割り出しは難航しているらしい。目撃者がいないことも、捜査を渋滞させている。

轢き逃げの検挙率は、全国平均で八〇パーセントといわれる。それは加害車両が現場に塗料片、ガラスの破片、積載物、タイヤ痕など、豊富な資料を残すからである。それがほとんどない上に、祥子の身体が雨の降りしきる叢にしばらく放置されていたために、着衣や身体や毛髪からも、衝突した車の資料が洗い流されてしまった。

祥子の生命は戻らないが、せめて轢き逃げ犯人を捕まえなければ彼女は浮かばれないであろう。だが、加害者は車の洪水の中に逃げ込んで笑っている。そうおもうと胸が煮えくり返った。

祥子を轢き逃げした犯人に対する怒りをかき立てることによって、福島はフェードアウトしていく亡き妻の面影を瞼に刻み残そうとしていたのである。

彼女が予言したように、数日後、ほぼ定位置に福島の自転車は戻されていた。それをおしえてくれたのは彼女である。

自転車を盗まれてから駐輪場に立ち寄らなくなった福島を、駅のホームまで追って来た彼女が、

「自転車が戻っていますよ」

と息せき切って伝えた。

「やっぱり無断借用しただけだったのです。自転車を盗むつもりはなかったみたい」

と告げられても、福島には信じられない。時計を見ると、まだ多少余裕があった。

「私も少し時間に余裕がありますので、ご一緒しますわ。申し遅れました。にいむらさつきと申します。新しい村に五月と書きます」

彼女は初めて名乗った。

「私こそ申し遅れまして。ふくしまみちおと申します。福島県の福島、道の男と書きます」

このとき二人は初めて自己紹介し合った。

盗まれた自転車を自分の目で確かめない限り、信じられないおもいである。盗んだ自転車をわざわざ返したということが信じられない。泥棒にしてみれば、返した意識

はなく、新村五月が言うように無断借用したつもりであったのかもしれない。

ほぼ定位置に福島の自転車は確かにあった。盗まれたときの状態のままで、車体に損傷はなく、タイヤの空気も抜けていない。

ただ、自転車前部に取り付けてあるバスケットの中がゴミで一杯になっていた。

「また盗まれるといけないから、私の鍵を貸してあげますわ」

五月が自分のチェーンロックを解錠して、福島に差し出した。

「それではあなたの自転車が盗まれてしまいます」

「こんな自転車、盗む人いませんわ。そろそろ買い替えようかとおもっていたところなのです。福島さんのように上等な自転車ではありません」

と五月は笑った。

「泥棒も、いったん盗んだものの、こんな古ぼけた自転車に嫌気がさして、返したのですよ」

「どうぞ。ご遠慮なく」

五月は腕時計にちらと目を走らせた。せっかくの好意を遠慮している間に、彼女を遅刻させてはならない。福島のほうもそろそろ時間が詰まってきていた。

「それでは、ひとまず拝借します。ぼくはこういう者です」

チェーンロックを受け取ると同時に、名刺を差し出した。五月も名刺を返そうとしてバッグをまさぐったが、見つけられないようである。上りの電車が入線して来る気配であった。

「後でけっこうです」

二人はホームに向かって走った。

成り行き上、二人は同じ車両に乗った。奇跡的に二人分の座席が空いていた。彼らは隣り合って坐った。

「自転車のバスケット、ゴミで一杯でしたわね」

五月が言った。

「そうでしたね。通行人にとっては自転車のバスケットが恰好の屑籠(トラッシュ)になります」

「私のバスケットにも、時どきゴミが入っていることがあります。たいてい駅で渡されたちらしや広告のティッシュですけど、たまには面白いものが捨ててあります」

「面白いものというと……」

「文庫です。電車の中で読み終わり、捨てて行ったのでしょう」

「週刊誌や雑誌が時どき投げ込まれていることはありますが、文庫とは珍しいですね」

「文庫も読み捨て時代になったようです。もしかすると……」

五月がなにかおもいだしたような表情をした。

「なにかありましたか」

「バスケットのゴミの中に、もしかすると自転車泥棒の手がかりがあるかもしれないわ」

「なるほど。でも、自転車も返ってきたことだし、泥棒を突き止めても仕方がありません」

「また盗むかもしれないわ。突き止めれば、少なくとも福島さんの自転車をまた盗むようなことはしないわ」

「そうですね。今日帰ったら、調べてみましょう」

「今日は何時ごろお帰りですか」

「特に緊急の用事もありませんので、たぶん定時の六時ごろには会社を出られるとおもいます」

「あら、私も今日はそのころに帰れますわ。できればご一緒したいわ」

「でしたら、駅前の喫茶店で六時半ごろ待ち合わせましょうか。ゴミ探しは後回しにして、夕食でもご一緒できたら嬉しいです」

一種の騎虎(きこ)の勢いで福島はおもいきって踏み込んだ。いままで逃がしつづけてきたチャンスを一気に取り返すような気がしていた。

二人の間に約束(デート)が成立した。まだ名乗り合ったばかりであるが、たがいに住居が近いということと、日常の通勤において知り合ったことが、同一生活圏内に暮らす者として、男女の間のバリアを崩していた。

デートの場所も事改まったところではなく、住居最寄り駅の前ということが初デートの緊張を解いている。

その日の夕方、二人は駅前の喫茶店で落ち合い、駅の近くのイタリアンレストランで夕食を摂(と)った。彼らの距離は一挙に縮まった。

食後、バスケットの中のゴミを集めて、駅近くの別の喫茶店に入った。幸いに店内は空いており、奥の一隅に席を占めた彼らは、他の客の迷惑にならぬようにゴミのチェックを始めた。

初デートにふさわしくない作業であるが、ゴミが二人を近づけるきっかけとなったといえる。それは彼らにとってけっこう愉しい作業であった。

盗まれた自転車はたぶん路上に放置されており、通りすがりの歩行者が恰好のトラッシュとばかり投げ捨てて行ったゴミであろう。その主体は広告ティッシュや、ちらしや、紙屑である。他の客の目には書類をチェックしているように見えるであろう。

バスケットのゴミはまず紙屑が主体で、ペットボトル、空き缶、広告ちらし、使い切ったボールペン、百円ライター、ビニール袋、中身の少し残った袋菓子、私鉄用使用済みパスカード、漫画、新聞、週刊誌等である。紙屑はおおむね使用済みティッシュ、レシート、広告ちらし、スポーツ紙などであった。

さすがに粗大ゴミはないが、小さな自転車バスケットのキャパシティに、どうしてこれほど多量のゴミがつめ込まれたかと疑われるほどに、種々雑多なゴミが押し込まれていた。

各家庭から出すゴミ袋にはそれぞれの生活のプライバシーがパックされているが、不特定多数の通行人が投げ込んで行ったバスケットのゴミには、プライバシーの破片というよりは人生の断片が吹き溜まったように感じられた。

「ゴミって汚らしいけれど、案外、面白いわね」

五月が言った。

共に食事をした後、ゴミの仕分けをして他人行儀はなくなった。福島は奇妙な縁だとおもった。駐輪場で会釈を交わし、自転車の盗難がきっかけになった初デートで、共にゴミの仕分けをしている。

社会で生きている人間は、ゴミを出さずには一日も生活できない。ゴミはその人が生きている社会と時代の経済、文化の指標といわれる。

たとえば無人島で動物的に生存している人間は、ほとんどゴミを出さないであろう。福島には戦時中の経験はないが、両親から聞いたところによると、物資が絶対的に不足していてゴミもろくに出なかったという。

新聞が野菜ゴミや虫の食べ方を解説していたそうである。それは人間の暮らしではなく、生存である。

一応、人間らしい暮らしをしている者は必ずゴミを出す。富裕な者はゴミもリッチであり、貧しい者はゴミも貧しい。それぞれの経済力や生活環境に応じてゴミを出す。

つまりは人生の破片をまき散らしながら生きていることになる。

ゴミは、地方の辺鄙(へんぴ)な場所よりも都会、それも大都会のほうが多種大量に出る。それだけ都会の生活が豊かというわけではなく、複雑になっているのであろう。

たとえば私鉄のパスカードや、多彩な広告ちらしや、読み捨て夕刊紙などは辺鄙な地方では見られない。

五月が面白いと言ったのは、その人生の破片が面白かったのであろう。

自転車泥棒の手がかりを探すためのゴミチェックであったが、泥棒につながるようなゴミはなさそうであった。

何枚かのレシートがあったが、いずれもこの界隈のスーパーやコンビニの発行したものであり、少額の食品や日用品のアイテムが打刻されている。発行した店に問い合わせても、ありふれた買い物のレシートから、買った客を割り出すのは無理であろう。

福島に手伝って仕分けしていた五月の指先が、ふと止まった。

「なにかありましたか」

五月の指先の反応を目ざとく目に止めた福島は問うた。

「これ、カメラ店の引換券みたい」

　五月がくしゃくしゃに丸められた一枚の紙を押し開いて、福島に手渡した。

「デジカメプラザというカメラ店なら駅前の通りにあります。私も何度か利用したことがある」

　デジタルカメラで撮影したメモリーカードを、デジカメ専門のカメラ店でセルフサービス機でプリントや、焼き増しや、引き伸ばしなどを注文した際、発行される引換券である。

「こんな引換券を捨てちゃったら、写真を取りに行ったとき困るでしょうに」

　五月が首をかしげた。

「いや、引換券がなくとも、サインをすれば引き渡してもらえます。引換券をよく紛失する客がいるようです」

「でも、注文した本人が引換券を捨てるかしら」

「たぶんゴミとまちがえて捨てたんでしょうね。注文主の名前と電話番号が記入してあります」

　引換券には雨野という名前と、市内の電話番号が記入されている。

「この雨野氏が自転車泥棒とは限りません」

「この引換券、バスケットの底のほうにあったわ。ということは、自転車に初期に触れた人間ということでしょう。盗んだ自転車にいちばん最初に触れた人間は泥棒の疑い濃厚よ。鍵がかかっていないことに気づかず合鍵か、鍵をあける道具をポケットから取り出した弾みに、引換券を一緒につまみ出したのかもしれないわ。少なくとも自転車に後期に触れた人間でないことは確かよ」

福島は五月の推理に感心した。彼女の言う後期に泥棒も自転車に触れてはいるが、最初に触れた人間は泥棒の疑いがある。つまり、空のバスケットに最初にゴミを入れられる人間ということになる。

「それにもう一つ、この引換券が泥棒のものではないかと疑えるしるしがあるわ」

「それはなんですか」

「日付です。日付が×月×日になっているわ。自転車を盗まれた日でしょう。盗難当日の日付を入れた引換券をバスケットに捨てられる人は限られるわ。泥棒がデジカメのプリントを注文した当日、自転車を盗んで、引換券をバスケットに捨てた確率が最も高いでしょう」

「早速、カメラ店に当たってみましょう」

福島は五月の推理に驚いていた。

雨野本人に直接当たっても、彼が自転車泥棒であれば素直に認めないであろう。まずカメラ店に当たり、雨野の予備知識を得てから向かい合うほうが効果が高い。

二人は閉店間近のカメラ店に足を延ばした。件の引換券を示して、注文したプリントの有無について問うと、店員は引換済み帳と記入されたノートを開いて、

「雨野さんのプリントは、ご本人がいらして、すでにピックアップされています。ここにサインがあります」

と開いたページのその箇所を示した。

「それはよかった。この引換券が私の自転車のバスケットに入っていたので、ご本人がプリントを引き取れなくて、困っているのではないかとおもいましてね」

「引換券がなくとも、ご本人にサインをしていただいてお渡ししております」

「よかった。ところで、雨野さん、自転車のことをなにか言っていませんでしたか」

「自転車……さあ、べつに。自転車がどうかしたのですか」

店員が問い返した。

「駅前の駐輪場に自転車を駐めているのですが、いつも雨野さんの自転車と隣り合っ

ています。それが雨野さんの自転車が盗まれてしまいましてね」

「盗まれた……雨野さん、そんなことはおっしゃっていませんでしたが」

「その自転車が戻されてきたのです。その後、雨野さんは駐輪場に立ち寄らないので、そのことを知りません。自転車が戻ってきたことを知らせてあげたいとおもいましてね」

「電話番号が引換券に書いてありますよ」

「住所がわかれば、私が届けてあげたいとおもいます。キイがついていないので、雨野さんが引き取りに来るまでの間に、また盗まれてしまうかもしれませんのでね」

「ご住所は以前、プリントをお送りしたことがあって、うかがっております」

店員は福島の誘導尋問に乗せられて、雨野の住所をおしえてくれた。普通、カメラ店では客の住所を聞かない。たぶん知るまいとおもいながら誘導(カマ)をかけた質問が見事に的を射た。

雨野の住所は福島の家とは正反対の方角の、むしろ五月の家に近い町内にあった。

店員から聞いた雨野の住所に、福島は一種の既視感(デジャビュ)をおぼえた。正確には記憶といえよう。

彼は速やかにデジャビュの源をおもいだした。

「どうかなさって……？」

福島の反応を敏感に察知した五月が、彼の顔を覗き込んだ。

（あとで）

と目顔で答えて、店員に礼を言い、店を出た。

「実は少し前、家内を失いました。初めてお食事を共にした夜、こんなことを話題にしてもいけないとおもいまして控えていたのですが、轢き逃げされたのです」

「まあ……」

五月は返すべき言葉を失ったようである。

「家内が轢き逃げされた現場が、雨野氏の住所の近くなのです」

福島はそのことの意味を問うように言った。

「偶然にしても、なにか因縁がありそう……」

「あなたもそうおもいますか。自転車泥棒容疑者の住所が、家内が轢き逃げされた現場の近くとは……なにか意味がありそうですが、咄嗟のことで頭の整理がつきません」

「偶然の一致かもしれませんけど、ゆっくり時間をかけて考えたほうがいいわ」

「すみません。こんなことを話してしまって」

「いいえ。嬉しいです」

五月は心持ち頬を染めたように見えた。その紅潮の意味をまだ詮索する時期ではない。

その夜の初デート以後、二人の親密度は増した。

新村五月の住所は、彼の家とは反対の方角にあり、駅から歩くには少し離れていた。

彼女は著名なヤングカジュアル衣料の会社の秘書室に勤めているということであった。仕事の関係で帰宅時間がまちまちになるので、自転車通勤を始めたということである。

彼らは時どき帰宅時間を打ち合わせて、二人の都合の合う夜、途上で落ち合って食事を共にすることもあった。どうやら五月にはまだ恋人はいないようである。

その後、福島の自転車が再度盗難に遭うこともなく、雨野との直接対決も一日延ばしに引き延ばしてしまった。確たる証拠もなく、推測だけで警察でもないのに容疑を問いただすのは気が重い。

だが、二人の胸の内に次第に容積を増やしている疑惑があった。

何度目かのデートのとき、最初にそれを口にしたのは五月である。

「私のおもいつきにすぎないのだけれど、奥さんが轢き逃げされた現場が雨野さんの住居の近くであったということは、雨野さんが事件を目撃している可能性もあるということにならないかしら」

五月の言葉に、福島は、はっとさせられた。その疑問は福島自身、胸の中に芽を出し、枝葉を伸ばしていたのである。かなり短絡的な疑惑であるが、可能性を否定できない。

「雨野さんが福島さんの自転車を盗んだのも、奥さんの霊が働きかけたような気がしてならないのよ。この人が轢き逃げ犯人を知っていると奥さんが訴えているようで……」

福島は、霊の存在というものについては懐疑的であったが、五月の口から聞く言葉は説得力があった。

この世には常識を超える不可解な力がある。それが奇跡や超常の現象や、霊魂の作用などとして現われると説明される。因縁や運命も科学では説明しきれない神秘的な力がある。妻の霊が目撃者に福島の自転車を盗ませたのかもしれない。

これまで福島と雨野の間にはなんら接点はなかった。自転車が接点となって、二人を結びつけた。雨野はまだ結びつけられたことを知らないであろう。

そして……五月の示唆（サゼッション）によって、福島はもう一つの可能性があることに気がついた。

雨野が仮に轢き逃げの現場を目撃したとしても黙秘していた謎が、二人を結びつけると一挙に解ける。雨野は祥子との不倫の関係が露見するのを恐れて、事件の一部始終を目撃していながら口をつぐんでいた、のではないのか。

雨野はそれが不倫パートナーの夫の自転車であるとは知らずに盗んだ……とは考えられないか。

三十路に入っても二十代の美貌と容姿を留めている祥子であった。

夫の目の届かない職場での彼女の生活については、福島はまったく蚊帳（かや）の外に置かれていた。かつて彼の会社に在籍していたとき、男子社員の目を惹（ひ）きつけていたように、別の職場に移っても、男たちの目を集めているにちがいない。夫の単なる疑心暗鬼から、能力のある妻を家の中に囲い込むことはできなかった。

福島は雨野との対決をこれ以上引き延ばすべきではないとおもった。妻の不倫疑惑を五月には話していない。事実を明らかにするまでは、五月には伏せておくつもりである。

雨野との対決を決意した福島は、雨野の素性について少し調べてみた。対決前に相手のある程度の予備知識を備えておきたい。

自ら調べる能力はないので、会社のマーケットリサーチや、業界の情報収集を依頼して親しくなった情報業者（インテリジェンスエージェント）の岡野（おかの）に頼んだ。岡野は元警察の公安出身という噂があり、その情報収集力には定評がある。

岡野の行動は早かった。三日後、岡野は福島の求める雨野の資料を一通り揃えて持って来た。

岡野の報告資料によると、雨野和彦（かずひこ）、三十九歳。中央区京橋、ホッペ製菓、販売促進部長、東京K大学経済学部卒。妻律子（りつこ）、三十五歳との間に十一歳と九歳の長男、長女あり。妻の律子とは社内結婚。辣腕で人の面倒みがよく、上司、同僚、部下の信頼も厚い。町内では自治会長。近所の評判もよい。

三十一歳のとき、第一営業課長に就任。会社のスピード出世記録を塗り替えた。三十七歳にして取締役部長に昇進。今日に至る。公私共に順調であり、出世街道を驀進中。

簡潔にして要を得た報告であった。

「確認が取れないので報告書には書きませんでしたが、雨野氏の幼馴染みを探し当てましてね、ちょっと気になる聞き込みをしました」

岡野は周辺にだれも聞く者がいないのに、やや声をひそめるようにして言った。

「気になる聞き込みというと……」

「雨野氏には盗癖があったということです。ものが欲しいわけではなく、盗み自体が好きだったようです。大したものを盗むわけでもなく、本の付録や雑貨品などを万引きして喜んでいたようです。自転車を盗んで別の場所に乗り捨てたこともあったそうです。これは盗んだのではなく、無断借用といいましょうか。就職してから、その盗癖もおさまったようですが、確認はできません」

「自転車を盗んだのですか」

「いわゆる使用窃盗、無断借用のようなものですね。しかし、被害者にしてみれば盗まれたことに変わりありません。あくまでも未確認情報としてお聞きください」

岡野の報告によって、福島の雨野に対する心証は固まった。彼の盗癖は治癒されておらず、雑品や自転車に止どまらず、他人の妻までも盗んでいたのであろう。

岡野から得た予備知識を踏まえて、福島は雨野に連絡を取った。在宅率の高い土曜日の夜を狙って、自宅に電話をかけた。折よく雨野らしい男の声が電話口に出た。

本人と見当をつけた福島は、姓だけを名乗ってから、

「実は××駅前の指定駐輪場の自転車のことで、ちょっとお話ししたいことがあります」

と言うと、一瞬驚いたような気配が伝わって、

「自転車……なんのことですか」

ととぼけたような声が返ってきた。

「私は駅前の駐輪場に自転車を駐めている者ですが、そのバスケットの中に雨野さんの駅前のカメラ店デジカメプラザの引換券があったのですが……」

「ああ、その写真のことでしたら、もうとうにピックアップしています。引換券をどこかに失ってしまいましたので、サインをしてプリントをもらいました」

「それはよかった。引換券を失って、お困りではないかとおもいましてね。ところで、私の妻は祥子と申します。×月×日の深夜、お宅の近くの路上で轢き逃げをされて死亡しました」

妻の名を言ったとき、電話口で雨野がはっと息を呑む気配が伝わった。

「生前の妻についてお話ししたいことがありまして、少々お時間を割いていただけませんか」

「わ、私には、あなたの奥さんについて、なにも話すことはありませんが」

雨野の口調が少しどもった。家族の耳を気にしているらしい。

「五分か十分でけっこうです。お宅におうかがいしましょうか」

その言葉が効いたらしく、

「わかりました。それでは駅前で落ち合いましょう」

と慌(あわ)てた口調で言って、時間を指定した。福島というよりは、祥子の住所を知っているらしい。

指定時刻に福島は雨野と駅前で落ち合った。二人は初対面のはずであったが、たがいを直ちに見分けた。特に目印を定めていたわけではない。両人に一種の嗅覚が働いたようである。

二人は駅の近くにある児童公園のベンチに腰を下ろした。一見、仲のよい友達同士がベンチで話し合っているようである。

「率直にお尋ねします。あなたは祥子と交際しておりましたね」

福島はのっけから核心に斬り込んだ。

「な、なにを証拠に、そんなことを突然言うのですか。私は今日、いま初めてあなたにお会いしたばかりですよ」

雨野は落ち合うまでに少し備えを立ててきたらしい。

「私はあなたにすでに一度会っています。あなたが気がついていないだけです。しかし、いまは私たちのことを言っているのではない。あなたがここへ来たことが、妻と交際していたなによりの証拠ですよ」

福島に言いこめられて、雨野は束の間、返す言葉に詰まったが、

「知りません。まったく身におぼえがない。変な言いがかりはつけないでください」

と反駁した。

「誤解しないでください。あなたが妻とつき合っていたことを責めるために来たので

はありません。妻はあなたの家の近くの路上で轢き逃げされて死にました。その方面に知人はいないはずです。私があなたにお尋ねしたいことは、妻が轢き逃げされた現場にあなたがいたのではないかということです。もし一緒にいれば、加害車を見ている可能性があります。あなたに妻に対する一片の愛情でも残っていれば、あなたが見たこと、知っていることを話していただきたいとおもいます」

福島に問いつめられて、雨野は返す言葉を失った。

「あなたが妻が轢き逃げされる現場を目撃していながら黙っていたのは、不倫が露見するのを恐れていたからでしょう。しかし、妻とあなたの関係は私の知るところとなってしまった。私は妻とあなたの不倫を公にする意思はありません。ただ、妻を轢き逃げした犯人を捕まえたいだけです。あなたも不倫ではあっても、妻と愛し合っていたのであれば、彼女を轢き逃げした犯人が憎いはずです。これ以上黙秘している意味はありません。犯人を捕まえるために協力していただけませんか」

福島は肉薄した。雨野はこの期に及んで逡巡している様子である。

「雨野さん、こうしている間にも、犯人は笑っているのですよ」

土俵際でためらっていた雨野は、この瞬間に崩れた。

「わかりました。私も、奥さんを轢き逃げした犯人を憎いとおもっています」

　雨野はついに口を開いた。

「あの夜、駅で偶然、奥さんと一緒になったのです。奥さんとは以前からおつき合いをしていましたが、あの夜は示し合わせて会ったわけではありません。駅を出ると雨が降っていて、車がありませんでした。奥さんは傘を持っていて、私がいいというのに、家の近くまで送って行くと言ったのです。偶然出会ったので、いつもの警戒心が薄れていました。つい私も離れ難くなり、奥さんの傘の中に入れてもらって、家の近くまで来ました。そこで別れて、奥さんは一人で帰って行きました。翌朝になるまで、奥さんが轢き逃げされたことを知りませんでした。昨夜一緒だったことをすぐ警察に申し出ようかとおもっていたのですが、そうなると二人の関係が露見してしまい、奥さんにも迷惑をかけることになるのではないかとおもい、つい申しそびれてしまいました」

「それでは、あなたは家内が轢き逃げされる現場を見ていないのですか」

「見ていません。私が事件を知ったときは、すべてが終わっていました」

　福島は失望した。妻の不倫パートナーであり、ただ一人の事件の目撃者と見られた人物が、なにも見ていなかったという。

途切れがちの糸を手繰りながらたどり着いた先が、ぷっつりと断ち切れていた。

徒労感に耐えながら、福島は未練の糸の先を手探りするように、

「事故が発生したのは、あなたが家内と別れて間もなくのことだとおもいます。なんでもいい。なにか気がついたことはありませんか。たとえば不審な車とか、すれちがった人間とか……」

「ちょっと待ってください。そういわれてみれば……」

雨野はなにかをおもいだしたような表情をした。

「なにか……ありましたか」

一縷(いちる)の望みをつないで、福島は雨野の顔色を探った。

「奥さんと別れた後、若い女性を見かけました。名前も住所も知りませんが、近所に住んでいるらしく、時どき顔を見かける女性です。若い女性がこんな深夜に一人帰って来るのは、男と会っていたのか、それとも残業でもしていたのかと、想像をめぐらしました」

「若い女性……また会えば見分けられますか」

「はい。近所に住んでいることはまちがいありませんから」

福島は当夜、雨野が見かけた女性が、事件についてなにか見たか、知っているかもしれないとおもった。いや、それよりも、雨野が言ったように、彼女が会っていたかもしれない男が、祥子を轢き逃げした可能性もある。

彼女を自宅の近くまで送り届けて来た後、祥子と衝突した……切れた糸がまたつながりかけている。

「雨野さん、お願いがあります。またその女性を見かけたら、住所を突き止めてもらえませんか」

「承知しました。近所の人ですから、すぐにわかるとおもいます」

雨野の口調には自信があった。雨野は福島の妻を盗んだという後ろめたさと、祥子を轢き逃げした犯人に対する憎しみがあいまって、福島に対して協力的になったようである。

福島に雨野と祥子の不倫を表沙汰にする意図がないと知ったいま、轢き逃げ犯人追及を阻む心理的障害(バリア)もない。

雨野の反応は早かった。二日後、雨野から福島に連絡がきた。

「例の女性、わかりました。名前は新村五月。都心の会社に勤めているそうですが、社名は確かめていません。自宅では両親と一人の弟と同居しています。父親は教職で、女子高校の校長を最後にリタイアして、悠々自適の暮らしです。推定年齢二十代前半、住所は二丁目の十一番地です。こんなところでよろしいですか」

雨野の報告を受けた福島は、愕然として電話口でしばし言葉を失った。

新村五月、同姓同名の別人でなければ、彼女である。住所、推定年齢、都心の職場なども、福島の知っている五月と一致している。

雨野が祥子の轢き逃げ被害当夜、自宅近くですれちがったという女性は、福島の知っている新村五月にちがいない。

「もしもし。聞こえていますか」

反応を失った電話口に、雨野が問いかけてきた。

「わかりました。ご協力ありがとう」

動揺を抑えて、福島はひとまず電話を切った。

雨野からの報告の後、驚きを鎮めた福島は、新村五月の現場への突然の登場の意味について考えた。

雨野が当夜、現場の近くで五月を見かけたからといって、彼が推測するように五月が事故に関わっているとは限らない。彼女はたまたま当夜、現場の近くを通りかかっただけかもしれない。

だが、雨野を割り出したのは、彼の住所地と現場が接近していたので、あるいは事故を目撃しているかもしれないという推測から発している。雨野を割り出した同じ確率と可能性で、新村五月も事故になんらかの形で関わっているかもしれない。

もしそうだとすれば、彼女は事故に関わっていることを隠して、轢き逃げ犯人の追跡に福島に協力したことになる。それはなぜか。福島一人でいくら考えてもわからない。

彼はおもいきって五月本人に聞くことにした。

五月との間柄はかなりよい雰囲気になっている。このまま二人の仲が進行すれば、よりプライベートな発展をしそうな予感があった。

電話で至急会いたいというと、五月と初めてのデートに落ち合った駅前の喫茶店で、当日の夕方、会おうということになった。

約束の時間に喫茶店に赴くと、すでに五月は先に来て待っていた。福島と会うのが嬉しそうに、表情が弾んで見える。

「突然呼び出してごめんなさい。実はきみに聞きたいことがあってね……」

「聞きたいことって、なに」

「×月×日の夜……つまり、家内が轢き逃げされた当夜、ほぼ同じ時間帯に、実は写真の引換券の主である雨野氏が、きみを現場の近くで見かけたと言うんだよ。もしかして、きみは事故についてなにか知っていることはないかな」

福島の一直線の視線を受けて、五月の表情が少し改まったようである。一呼吸おいて、

「ひょっとして、という不吉な予感はあったわ。でも、まさかとおもって打ち消していたの。私はあの夜、ある人に車で送られて家の近くまで帰って来ました。その夜、家の近くで轢き逃げがあったという話を翌日知りました。明け方、夢の中で救急車のサイレンを聞いたような気がしたので、あのとき轢き逃げがあったのかとおもい当ったけれど、まさか福島さんの奥さんが轢き逃げされたとはおもわなかったわ。

そのときふと、私を送ってくれた人が轢き逃げをしたのではないかとおもったけれど、私が帰宅したときと奥さんが発見されたときの間に何時間か差があったので、た

ぶんその人は関係ないとおもい直したの。その後もその人は何事もなかったかのようにしていたので、やっぱり轢き逃げとは無関係だとおもったわ。福島さんと協力して雨野さんを割り出したり、雨野さんが轢き逃げについてなにか見たり、知ったりしているかもしれないと言ったのは、その人が無関係だとおもっていたからよ」

五月は悪びれずに言った。

「家内が発見されたのは事故発生時より三時間ほど後のことだった。路傍の叢の中に放置されていたために発見が遅れたのだ。事故が発生したのはきみがある人に家の近くまで送られて来て、雨野氏と出会ったころとほぼ同じ時間帯だと推測されている」

福島の言葉に、五月の顔色が変わった。

「すると、その人が轢き逃げ犯人であるかもしれないということなの……?」

「その可能性がないとはいえない。言いにくいかもしれないが、当夜、君を送って来たというある人の名前を教えてもらえないかな」

「どうしても言わなければならないの?」

五月は悲しげな顔をした。知り合って初めて見せる表情である。

「強制はできない。きみの心に任せるよ」

「私、その人と密かに愛し合っていました。妻子ある男性です。その人の名前を明らかにすれば、家庭が破壊され、会社でも厳しい立場に立たされるかもしれない」

五月の表情は動揺していた。

「五月さん、いまもその人を愛しているのか」

福島は問うた。

「あの夜、私はあの人と別れたのよ。これ以上、つき合っていてもおたがいに疲れるばかりだし、私があの人の重荷になっている気配に、別れることにしたの。最後の時間を過ごして、あの人は私を送って来てくれたの。送らなくともよいと言ったのに。せめて最後の夜、送らせてくれと言うものだから」

「別れた後も、彼を忘れられないのか」

五月は面を伏せて答えなかった。答えられなかったのであろう。

「五月さん、きみと知り合って、まだ日は浅い。だが、あえて聞く。きみは私と、彼とどちらを選ぶ」

轢き逃げ犯人の名前の追究が愛の告白の形となった。五月の表情が困惑した。

「もしきみがぼくを少しでも愛してくれているなら、彼の名前をおしえてくれ」

「彼の名前を告げても、奥さんの命は還らないわよ」

「轢き逃げされたままでは、家内は浮かばれない。家内が成仏して、ぼくは初めて新しい人生のスタートを切れるんだ」

「私、私……どうしていいかわからない」

「きみは雨野氏が轢き逃げ事故についてなにか知っているかもしれないとサゼッションをくれた。そのときさきみは心の一隅に、きみと交際していた男が轢き逃げ犯人であるかもしれないという疑いを抱いていたんじゃないのか。その疑いを抱きながら轢き逃げ犯人の追及に協力したのは、きみを捨てた男に対するリベンジのような気持ちがあったからじゃないのか」

「そんなものないわ」

五月が悲鳴をあげるように言った。

「なければ、それでいい。きみがまだその男を愛していて、きみが隠そうとしている秘密の愛をぼくに暴くことはできない。きみは未来よりも過去を選ぶのだ」

「私にも未来を選ぶ権利はあるわ」

五月が抗議するように言い返した。そして、その男の名前と素性を告げた。

北山達成は自宅のガレージの中に隠していた加害車両を発見されて、犯行を自供した。

「当夜、女性を自宅近くまで送り届けた後、雨の中、突然、目の前に飛び出して来た福島祥子さんを避けきれず、はねてしまいました。ちょうど雨足が強くなり、周囲に通行車も人影も見えず、突然の事故に動転していた私は、そのまま逃げてしまいました。その夜、自宅に帰った私は、ガレージの中に車を入れて、おおかた雨に洗われていた車を再度入念に洗いました。警察に届け出ようかとおもったときは、すでに被害者が発見された後で手後れでした。時間が経過すればするほど届け出られなくなりました。修理工場には出さず、家人には運転を誤り、石垣にぶつけたと嘘を言って、車を車庫の中に隠しておきました。いつ刑事が訪ねて来るかと、今日まで生きた心地がしませんでした」

北山達成は若者に人気のあるヤングカジュアル衣料の大手の常務取締役で、社長の次女の女婿である。

不倫の関係にあった女子社員を自宅に送った後、轢き逃げした事実が露見すれば、会社のけっこうな地位と家庭を同時に失うかもしれない。それらの計算が咄嗟に働いて、逃げたものであろう。

北山が自供して、業務上過失致死罪の被疑者として検察庁に送られたと聞いた福島は、肩の荷が下りたような気がした。

だが、祥子の命は戻らない。仮に戻ったとしても、祥子の心はほかの男（雨野）のほうを向いているであろう。また福島自身も、すでに新村五月との新しい人生を考えている。

おもえば、この轢き逃げ事故は二重の不倫が重なって発生した。そしてそれを解決したのも二つの不倫が交差したからである。

事故現場は不倫の交差点であった。

犯人が自供して数日後、福島は新村五月から封書を受け取った。開封してみると、次のような文章がしたためられていた。

——未来を選ぶか、過去を取るか、と福島さんに迫られたとき、私は迷いました。

そして、私はまだ北山の尾を断ち切れないことに気がつきました。過去の尾を引きずりながら福島さんに従いて行くことはできません。それは福島さんに失礼です。福島さんに指摘されたように、私は心の一隅で北山を轢き逃げ犯人ではないかと疑いながらも、福島さんに協力して犯人を探しました。やはり北山が犯人であることがわかって、私は福島さんに協力したことを後悔したのです。

北山との不倫は不毛の愛でしたが、私の半生の大切な要素でもありました。未来にはもっと大きな要素を見つけられるかもしれませんが、いまの私にとっては過去の要素が大きすぎます。そして、福島さん自身もまだ奥さんの尾を完全に断ち切っていません。たがいに過去の尾を引きずりながら未来を探すことはできないとおもいます。勝手な私を許してください。

会社を替わりました。これを機会に、親の家からも出ました。東京の片隅に小さなアパートを借りて、新しい職場に通います。もう自転車には乗りません。過去の尾を完全に断ち切ったら、また東京のどこかの街角でお会いできるかもしれませんね。

さようなら。もしもこれが永遠のお別れであるならば。五月――

手紙を読んで、福島は本当の孤独になったことを実感した。五月も東京の片隅の小さなアパートで、本当の孤独を凝っと抱き締めているのであろう。それが過去を断ち切るためか、あるいは過去との訣別を自ら拒否しているのかわからない。

それから数日後、一人の未知の男が福島を訪問して来た。見知らぬ訪問者は警視庁捜査一課の棟居と名乗った。

会社に訪ねて来た棟居は自己紹介の後、できれば会社の外で話したいことがあると言った。

捜査一課といえば殺人や凶悪な犯罪の担当であると聞いている。その捜査一課の刑事が単独で面会を求めて来た目的を訝りながら、福島は近くのホテルのバーに案内した。

ホテルのバーは昼間は閑散としている。ちらほらしている客の影は、せいぜい午後の情事の待ち合わせくらいである。

バーの隅の席で向かい合うと、棟居は、

「お忙しいところを、突然お邪魔して申し訳ございません」

と低姿勢に詫びた。

「警視庁の捜査一課の方が来られたのは初めての経験なので、少し驚きました」

福島は改めて名刺を差し出しながら言った。心の中に不安が容積を増している。

「お手間は取らせません。ちょっと気になることがございまして、ご意見をお聞きしたいのです」

棟居の言葉には不気味な含みがあるように聞こえた。

「どんなことでしょうか。私にお答えできることであればいいのですが」

福島は身構えていた。

「奥様の轢き逃げ被害について、心よりお悔やみ申し上げます。事故発生半年ほど前に、奥さんは福島さんを受取人として生命保険に加入されましたね」

棟居は本題に入ってきた。

「このような世の中なので、二人で話し合って、双方たがいに被保険者、保険金受取人となって保険を掛け合いました。まさかその保険がこんなに早く目的を果たすことになろうとは、予想もしていませんでした。保険金などいらないから、妻の命を返してもらいたいとおもいます」

「ご心中お察しいたします」

「それがなにか」

「いえ、べつに。念のために確認しただけです」

保険の加入については夫婦双方が話し合って、なんら疚しいことはない。

「ところで、奥さんがなくなられた後、自転車を盗まれたそうですね」

棟居は突然、質問の鉾先を変えた。福島は棟居がそんな事実まで知っていることに内心驚きながらも、

「駅までの通勤往復に自転車を利用していますが、いったん盗まれて、また戻されてきました」

「盗難に遭ったとき、自転車に鍵はかけていなかったのですか」

「キイをどこかに失ってしまいましたので、そのままにしておきました。そんなおんぼろ自転車を盗む者がいようとはおもっていなかったのです」

「失ったキイというのは、このキイではありませんか」

棟居が一本の自転車用のキイを差し出した。薄っぺらなキイの本体がくの字型に少し折れ曲がっている。

福島は虚を衝かれたような気がした。見る限り、福島が使っていた自転車のキイで

ある。だが、自転車のキイはみな似たような形をしており、歯形もシンプルである。もしそのキイが棟居の言う通り福島の自転車のキイであれば、一体、どこで手に入れたのか。福島が返答をためらっていると、

「このキイは奥さんが轢き逃げされた現場に落ちていました」

「轢き逃げされた現場に……」

「そうです。奥さんは現場の路上を横断中、加害車両にはねられました。ところが、発見されたのは路上ではなく、路傍の叢の中でした。そのことが奥さんの発見を遅らせたのですが」

「車に叢まではね飛ばされたのではありませんか」

「ところが、捜査を担当した轢き逃げ専門の捜査員に聞いたところ、奥さんの遺体の損傷や現場の状況、また逮捕された犯人の自供と加害車両の損傷などを総合しても、奥さんの身体が発見された叢にまではね飛ばされる可能性は物理的にあり得ないということです。つまり、事故発生後、何者かが奥さんを移動しない限り……」

棟居の言葉は恐ろしい意味を示唆している。だが、その恐ろしさがまだ福島には充分に伝わっていない。

「犯人が移動したのではありませんか」

「いえ、犯人は奥さんをはねたとき、車外に出ていません。いったん車を停めたものの、恐ろしくなって、そのまま走り去ったと自供しています」

「犯人が嘘をついているのでは……」

「その可能性がないではありませんが、逮捕されたいま、嘘をつく必要もありません。そして犯人はこの自転車のキイを現場に落とすことはできません」

この意味がわかるかと問うように、棟居は福島の顔色を探った。福島は言葉を返せない。

「このキイを奥さんが横たわっていた叢に落とせる者は、福島さん、あなた一人ですよ。つまり、あなたが奥さんの身体を現場の路上から路傍の叢に移動したことになります」

と棟居は終止符を打つように言った。

しばし重苦しい沈黙が落ちた後、

「じょ、冗談じゃない。自転車のキイは鍵ちがいが少なく、同じキイがいくらでもあります。こんな折れ曲がったキイが家内のそばに落ちていたからといって、どうして私が落としたと決めつけられるのですか。第一、私が現場にいれば、もっと早く犯人を発見していますよ」

ようやく立ち直った福島は言葉を返した。

「どうぞ、勘ちがいしないでください。これは強制捜査ではありません。この轢き逃げに違和感を抱いたので、私が個人的に調べたことです。たしかに福島さんのおっしゃる通り、あなたが現場に居合わせたなら、犯人はとうに捕まっていたでしょう。刑事は疑い深い性質でしてね。あらゆる可能性を疑ってみます。こういう可能性も考えられると、あなたに伝えたくて、本日はお邪魔したのです。失礼の段はお許しください」

棟居は素直に詫びると、伝票をさっとつまんで席を立った。

福島は棟居が帰った後も、しばらく同じ場所に虚脱したように坐っていた。

棟居は任意の個人的な調査だと言っていたが、自分はこれから生涯、棟居の脅威に怯えて生きることになるだろうと福島はおもった。

あの夜、福島は祥子と雨野と同じ電車に乗り合わせて帰って来た。それぞれが別の車両に乗っていたので気がつかなかった。

駅に下りてから、祥子に気がついた。声をかけようとした矢先、祥子は別の車両から下りて来た男に声をかけた。その男が雨野だった。

折から雨が降り出していた。空車はなかった。祥子は雨野と親しげに寄り添うと、彼に傘をさしかけながら、睦まじげに寄り添って家とは別の方角に歩き始めた。その傘は本来、福島にさしかけるべきものであった。

以前から妻の言動に疑いを持たぬわけではなかった。だが、大輪の花のような祥子が、家の外で男たちの目を集めるのはやむを得ないこととあきらめていた。それが夫の目の前で、こうもあからさまに不倫の証拠を見せつけられて胸が煮えたぎった。

灯台下暗しで、妻の不倫の相手はこの界隈に住んでいるらしい。夫の膝下で妻を盗んでいる。そのことにも福島は屈辱をおぼえた。

妻の盗人の住居を突き止めるために後をつけた。だが、男の家までは行かず、その近くで彼らは別れた。距離があり、照明が不足していて、男の顔は確かめ損なった。

別れて間もなく、事故は発生した。闇の中を疾走して来た黒い凶器に激突した祥子は、折からの雨中、血を振りまきながら車の進行方向にはね上げられ、路面に叩きつけられた。車はいったん停止したが、直ちに発進、加速して逃げ去った。

突然の惨事に動転していた福島は、闇の中、強い雨足のカーテンに遮られて、車のナンバーを読み損なった。そんな余裕はなかった。

路面に血浸しのぼろのように叩きつけられていた祥子のそばに駆け寄ると、すでに目や鼻や耳から多量の血を噴き出しており、一目で絶望的であった。祥子と呼びかけたが、反応はない。

その場に放置していては、他の車に轢かれると判断して、正体のない祥子の身体を抱き上げて路傍の叢まで運んだ。

そのときである。祥子が大量の血をごぼと口から噴き出しながら、男の名前を呼んだ。正確には聞き取り損なったが、福島の名前でないことは確かであった。

後日、新村五月の協力で雨野を割り出したとき、祥子の生前の男にちがいないと確信したのは、今際(いまわ)の際に彼女が呼んだ名前と表音が一致したからである。

妻の臨終の口から他の男の名前を聞いたとき、福島は我を忘れた。そして、その場に祥子を置き去りにしたのである。自転車のキイを祥子のそばに落としたことには気がつかなかった。そのキイが後日、棟居に拾われた。

いまにしておもえば、あの夜、祥子と雨野が同じ電車に乗り合わせなければ事故は防げた。いや、乗り合わせたとしても、下車駅で福島が先に妻に声をかけていれば、夫婦仲良く相合い傘で帰宅したはずであった。

福島が妻に声をかけるのが一瞬遅れたために、悲劇は発生したのである。

加害者と被害者、不倫のカップルの出会いと別れ、夫婦が出会った最悪の現場、大都会の夜でなければ、このような出会いと別れはないであろう。

都会の夜には魔性が住んでいるとなにかの本で読んだ記憶があるが、あの夜、深夜の交差路で遭遇した男女は、その魔性に取り憑かれていたのかもしれない。そして、自分はその魔性の影にこれから一生怯えて暮らすのだと、福島はおもった。

花びらの残る席

事件のないときの刑事は閑(ひま)である。在庁番（事件番）は朝からお茶を飲んだり、将棋や碁、雑談を交わしたりして、時間をつぶしながら部屋で待機している。時間がくればさっさと退庁する。裏番（非番）は家にいる。家にいても携帯の鎖につながれていて、事件発生と共に在庁に入る。在庁で自宅待機しているときは、自宅から臨場することも多い。

大事件の場合は複数班（一班一個中隊、警部以下十名）が同時に動員されることもある。

事件には波がある。起きるときは申し合わせたように、まさに同時多発テロのように一斉に立ち上がる。あまりに泰平の日がつづくと、社会の本来はそうあるべきなのであるが、これでいいのかなと不安になってくる。血腥(ちなまぐさ)い現場から現場へ、死体から死体へと飛び歩いていた身が、だんだんなまってくるような不安である。

いったん事件が発生すれば、まず二十日間は家に帰れない。ようやく帰っても、事件が解決する前は気が休まらない。

非番のときでも、常に事件に対して待機している姿勢に、棟居は自分が犯人という獲物を追う猟犬のような習性になったことを認めざるを得ない。

非番の日の棟居の朝は、仏壇に灯明をあげてから、近くの行きつけの喫茶店参りで幕を開く。棟居の席は店の最も奥まった一隅、窓際と定まっている。店も心得ていて、棟居が来そうな朝は、その席をキープしておいてくれる。

棟居は朝のカフェの雰囲気が好きである。そこには都会に生きる人々のさまざまな人生が弾んでいる。

出勤前の一時、慌しくハムサンドなどをコーヒーで胃に流し込んでいくサラリーマンやOL。そのかたわらでゆったりとスポーツ紙などを読んでいる年配者はリタイア組である。

夜のにおいをたっぷりと沁み込ませ、消耗した顔ではあるが、解放された表情で扉を押して来るのは、夜勤明けの人たちである。犬の散歩の途次、犬を店先につないで入って来る客も少なくない。

その人たちはいずれも店の常連であるが、それらの範疇に入らない客は、旅行者であろう。都心でもない郊外の私鉄駅近くのカフェに早朝立ち寄る旅行者は、観光客ではない。一体、どんな旅務を抱えての途上であるか不思議におもうような人がいる。早朝、大都会の片隅にあるカフェのドアを押して入って来る客の共通項は、地方には決してない翳を帯びていることである。棟居の目には決して健康的には見えない陰翳である。

朝靄をまとって好みの席につく常連も、出勤前の会社員も、夜勤明けの労働者も、犬のエスコートも、行きずりの旅行者も、その他正体不明の客もどこかに不健康な部分を抱えているように見える。棟居自身がそうであるので、そのように見えるのかもしれない。

彼らは心身に抱えた不健康な部分、それぞれの悩みや、不満や、疲労や、汚れ、あるいは人生の重荷を抱えて、喫茶店にほんの一時、それを癒しに来るようである。それぞれの問題点を根治、完全に解決することはできないと知りながらも、一杯のコーヒーや、一時の安らぎを求めて来る。

すでに早朝から商談を交わしている者もいる。彼らは一時の安らぎすら求めずに、すでに火花を散らしている。それも棟居には不健康な火花に見える。

だが、人生とは、長く生きれば生きるほど不健康な部位が増えてくるものである。棟居は自分の職業を通してそのことを知った。

人生の不健康な部位とは、べつに反社会的ということではない。生きること自体がなにかを犠牲にしており、生き残っていくことがサバイバルレースである以上、健康的とはいえない。もともと健康が万病と闘うことによって維持されているのである。人生は不健康と表裏一体になっている。

棟居は職業柄のせいもあるが、心身共に健全で、完璧な幸福をエンジョイしている人間に会ったことはない。本人自身がそうであったとしても、必ず家族や親しい人たちの中に不幸に取り憑かれている人がいる。家族も親しい友人もいない天涯孤独の人は、幸福とは縁がない。

どこかに不健康な翳を帯びている人たちが集まって来る都会の朝のカフェが好きということも、棟居の不健康な部位にちがいない。棟居はなぜか朝のカフェに身を置き、集まる客たちの不健康な翳に触れると、心が落ち着くのである。そこには素の人生がある。

これが太陽の位置が高くなってくると、化粧した人生になってしまう。天候に拘わらず、朝から昼に経過していくに従い、素の人生は見られなくなる。

街角にまだ朝靄が屯しているような早朝、カフェの指定席に腰を下ろしてゆっくりと苦いコーヒーを飲む。棟居にとって非番の日の朝の儀式と化したかのようなカフェの一時は、現場で染みついた汚れを禊ぐ効果がある。

現場の汚れなどというと被害者に対して不謹慎であるが、それは必ずしも被害者の血の汚れを意味していない。現場は人の生命を奪った社会悪が凝縮している。つまり、悪の汚れである。

刑事が「いい現場」と呼ぶ現場は、被害者、それも残酷な手口で殺された複数の死体が転がっている血の海で、天井まで血がしぶいているような犯行現場である。常人ならば正視できない、目を背けたくなるような場所を「いい現場」と呼べるようになれたのは、それだけ心身が現場の悪に汚れてきているからである。

その汚れを朝のカフェで禊いでいるような気がする。刑事にとっては、それは望ましいことではないかもしれない。だが、たとえ携帯の鎖につながれていても、非番のときは人間に返りたい。少なくとも素の人間性を一時なりとも回復したい。

棟居には、一人、気になる常連がいた。常連はいつの間にか顔馴染になって、目が合うと会釈を交わす。短い挨拶の言葉は交換するが、深く話し合うようなことはない。喫茶店の常連は酒場のようには打ち溶け合わない。それぞれが独自の殻の中にこもって、静かにコーヒーを飲んでいる。喫茶店は「知らぬ同士が小皿叩いてチャンチキおけさ」を歌うような環境ではない。そういうものは求めていないのである。

もともとコーヒーは酒と異なり、一人で喫するのが適している孤独な飲み物である。非番の日、行きつけのカフェの指定席に位置を占めてコーヒーを飲みながら、常連の顔や、窓から通行人の姿をぼんやり眺めていると、棟居は、知人が一人もいない遠い町に行って、まったく別の人生をやり直してみたいような誘惑にふと駆られることがある。現在の生き方に不満があるわけではないが、人生をリセットして、新しい可能性を探ってみたいというロマンティックな幻想に駆られるのである。

アメリカには証人保護プログラムというものがある。生命の危険にさらされた証人の安全を確保するために、証人とその家族の前半生の経歴を抹消して、まったく新しい人間として再生し、これまでの生活環境から完全に切り離した別の土地で新たな暮らしを設定してやる。

証人保護プログラムは決してロマンティックではないが、アメリカの司法取引が生んだ人生リセットプログラムである。そんな空想や幻想をおもい描けるのも、大都会の朝のカフェである。これが客や常連の素性がほとんどわかっている地方都市のカフェでは、そういう幻想は追えない。

常連はリタイア組が多いが、休日の常連は現役組が増える。平日の緊張した雰囲気はなく、夫婦が連れ立ってゆったりと寛いでモーニングサービスを取ったりしている。犬をエスコートした常連が増えるのも休日が多い。犬の顔を先におぼえて、後から飼い主と顔馴染になることもある。

そんな常連の中に、いつも棟居と同じ時間帯に店に来て、彼の指定席の隣りに坐る女性がいる。年齢は三十歳前後。髪が長く、寂しげな陰翳を含んだ横顔の輪郭を俯けて、ひっそりと文庫本を読みながらコーヒーを飲んでいる。髪が簾のように垂れて、本来はクリアな輪郭を柔らかく烟らせている。

平日の朝もよく顔を合わせるので、OLではなさそうである。顔を合わせるとたがいに挨拶を交わすが、それ以上には立ち入らない。

その点、他の常連と同じであるが、彼女の周囲には透明な結界のようなものが張られていて、立ち入るのを拒んでいるように見えた。それも明確な拒絶ではなく、柔らかな抵抗を押して踏み込めば迎え入れられそうな雰囲気がある。あるいは夜の仕事かもしれない。

だが、夜の遅い人間は、朝が苦手である。平日早朝、カフェが店開きすると同時に入って来る彼女は、夜の雰囲気は身につけていない。

まだ客の入り込みがなく、棟居とほぼ同時か、あるいはわずかに前後してカフェのドアを押し、店内に他の客はまだ見えないのに、必ず棟居の席の隣りに位置を占める。そこが彼女の〝指定席〟らしい。

いつごろ出会ったのか記憶は定かではないが、後から来た方が「こちら、よろしいですか」と断って坐っていた。そのうちに暗黙の了解が成立して、朝の挨拶を交わすだけで、それぞれの指定席に坐るようになった。

出会ってからかれこれ一年半ぐらいは経過している。その間、カフェの店主から、彼女が近くで小さなブティックを経営しているという話を聞いた。棟居が聞いたわけではなく、やはり気にしていたらしい常連が店主に彼女の素性について聞いたのを小耳にはさんだのである。

彼女も棟居の素性についてはうすうすと知っているらしい。

そのうちに、彼女の身辺にちょっとした変化が生じた。彼女が犬を連れて来るようになったのである。

黒い中型のラブラドール・リトリバーで、主人が中でコーヒーを飲んでいる間、ドアのそばにつながれておとなしく待っている。手入れがよく、黒い毛が天鵞絨（ビロード）のように光っている。主人の親しい人間はわかるらしく、棟居の顔を見ると甘えるような声を出した。

棟居も事件の関わりで、一時的に犬や猫を預かったことがある。事件が発生すると長期帰宅できないこともあるので飼うことはできないが、家に動物が待っているとおもうと、ただ寝に帰るだけではなくなる。主人が帰宅して来た気配を聞きつけると、動物は喜んで飛びついてくる。すでに家族である。

捜査が難航して捜査本部に泊まり込むようになっても、餌をやりにちょっと家に立ち寄る。そんなときは人間の家族以上にいとしい。給餌して、ふたたび出て行く棟居を見送る動物の、悲しげな鳴き声が耳に沁みついて、しばらく離れない。

そんな経験があるので、棟居は動物が好きである。相手も棟居の動物好きを本能的に察知してすり寄って来る。

そんな棟居と犬の様子を見た彼女が、

「犬がお好きなのですね」

と声をかけてきた。

「ええ、いまはいませんが、犬や猫を預かったことがあります。情が移って、飼い主に返すときは辛かったですよ」

棟居は動物との別離のときをおもいだして、ふと声が詰まった。

「あら、私もこの子を預かっていますの」

彼女は少し驚いたように言った。

「預かっていたのですか。てっきり飼い始めたのかとおもいました」

犬がきっかけになって、二人の間に会話が始まった。彼女の身体を囲む結界は消えていた。

彼女は藤森千尋と名乗った。棟居も自己紹介した。

「それにしても、だいぶ長期に預かっているようですね」

棟居がラブラドールに気がついてから一年ぐらいは経過している。

「それが……これからもずっと預かることになるかもしれません」

彼女は少し不安げな顔をした。

「飼い主が長期の旅行にでも……」

それとも回復不能の難病にでもなったのかと、棟居はおもった。

「それが、失踪してしまったのです」

「失踪……」

「どこへ行くとも、なんの理由も告げずに、突然、蒸発してしまいました。この子だけが、シーザーというのですけど、置き去りにされて、お腹をすかしていました。すぐ帰って来るだろうとおもって預かったのですが、出て行ったきりで、なんの消息もありません」

「蒸発するような理由に、なにかお心当たりはありませんか」

「それがまったくないのです。三日ほど、なんの連絡もないので、住居に様子を見に行ったところ、メールボックスに新聞が三日分たまっていて、シーザーが部屋に閉じ込められていました。部屋に二、三日留守をするので、その間、シーザーの面倒をみていてもらいたいと私宛の書き置きがありました。そのままあの人は帰って来ないのです」

「捜索願は出しましたか」

「大家さんと相談して、失踪してから五日目に出しました」

「シーザーの飼い主は失踪前、なにか大きな取り引きをしていたとか、暴力団関係者と交際があったとか、あるいは仕事や人間関係で悩んでいたような節は見えませんでしたか」

「そんな立ち入った話をしたわけではありませんが、そんな様子は見えませんでした」

「あなたには聞きにくい質問ですが、特に親しくしていた女性はいませんでしたか」

棟居は藤森千尋とシーザーの飼い主とのおおよその関係を察して問うた。

「彼の異性関係については詮索したことはありませんが、もしかすると、いたかもしれません」

千尋の面が少し曇った。

「もし親しくしていた女性がいたとすれば、だれも知る者のいない遠くの町に行って、まったく新しい暮らしをしているかもしれませんよ」

棟居は、ふと自分の胸にも兆したことのある人生リセットの誘惑をおもいだした。

「でも、もしそうだとしても、家族のように可愛がっていたシーザーを置いて行くかしら」

千尋は自分に問うように言った。彼女の面を隈取(くまど)った陰翳が濃くなっている。

「その女性が犬が嫌いであったとしたら、そして彼がその女性をシーザーよりも愛していたとしたら……」

棟居は千尋にとってかなり残酷な推測を口にした。

「遠くの町で別の女の人とまったく新しい暮らしを……」

千尋は遠くを見るような目をした。

そのとき、カフェの外からシーザーがなにかを訴えるような声で鳴いた。

その朝の藤森千尋との会話は、そこまでに終わった。

たぶんシーザーの飼い主には新しい女ができたのであろう。そして、千尋とシーザーを置き去りにして、女と手に手を取って〝駆け落ち〟をしてしまった。無責任な男ではあるが、きっとこれまでの生活や、千尋との関係に疲れたのであろう。男と女の間のありふれたケースである。

棟居はふと、そんな男の手前勝手な生き方を羨ましくおもった。人生をリセットしても、遠からず新たにスタートした生き方に飽きてくるであろう。一度、人生をリセットした者は何度でもリセットしたくなる。つまり、リセット癖がつくのである。そうなると、リセットではなく、逃避になってしまう。藤森千尋とシーザーを置き去りにした飼い主の彼は、現実から逃避したのかもしれない。

その後、藤森千尋とカフェで何度か顔を合わせたが、二人の間に飼い主は話題に上らなかった。千尋がなんとなくこの話題を避けている気配が感じられたので、棟居もあえて詮索しなかった。もしかすると彼女は、棟居に飼い主の失踪について話したことを悔いているのかもしれない。

たがいの人生に立ち入ることは、カフェの客の不文律のタブーである。共に飲む酒は、知らぬ同士の心を開かせるが、コーヒーを同じ環境で喫しても心を開くことはない。コーヒーは孤独であると同時に、閉鎖的な飲料である。

二人の間に束の間の会話が成立したのも、コーヒーの媒介ではなく、シーザーがきっかけになった。その意味では、コーヒーは寂しい飲み物である。

その寂しさが都会的で、クールでよい。決して酒の知り合いのように相手の生活に入り込むことなく、それぞれのプライバシーを尊重する。そうでなければ、棟居は現場の汚れを禊ぐことはできない。警察をリタイアしたら、酒の方に傾くかもしれない。それはそれでよいが、いまは棟居の生活環境にとって、コーヒーは最も相性がよい。その孤独なコーヒーも、事件が発生すれば吹っ飛んでしまう。

その朝、カフェに行くと、すでにシーザーが店先につながれていた。シーザーは最近、棟居に馴れて、彼の姿を見ると飛びついてくる。犬体が大きいので、油断をしていると押し倒されそうになる。その朝、シーザーはシャンプーのにおいがした。ドアを押すと、千尋はすでに彼の隣席に腰を下ろしていて、朝の挨拶を送ってきた。

千尋に挨拶を返して、出されたコーヒーのにおいをまず嗅ぐ。この一瞬、至福の時間に包まれる。まだ常連の姿は千尋以外には見えない。街角に少し朝靄がたまっている。勤勉な働き蟻の姿もまばらである。棟居が最も気に入っている朝の風景であった。

もう少し太陽の位置が高くなると、風景が平板になってつまらなくなる。職場に向かう早起きの働き蟻は、足は走る手前の歩速で急いでいるが、顔には眠気が残っている。起きたばかりなのに疲れた表情をしている。

最近は新入社員でも、今日という一日に夢を脹らませている溌剌たる顔にはお目にかかれない。昨日と同じ今日に、なんの期待も寄せていない顔ばかりである。こんな毎日を過ごしていると、人生をリセットしたくなる気持ちもわかる。

実際にはリセットする勇気も気力もない。それぞれがリセットするには重すぎる荷物を抱え込んでいるのである。だが、荷物のない人も、実際にリセットする者は稀である。

人生には惰性が生じる。毎日、判で押したような同じ暮らしを繰り返していると、惰性という潮流に乗って運ばれて行く。新たな可能性も発見もないが、潮流に身を任せた方が楽である。

事件から事件を渡り歩く棟居の人生が惰性であるとするなら、これはまた凄い惰性であるとおもう。同じ事件はないが、現場に漂う血のにおいは同じであり、そのにおいに馴れてしまうことが惰性であろう。だが、惰性に乗っているだけでは犯人はつかまらない。

香りを愉しんでからコーヒーを一喫したとき、棟居の携帯が鳴った。

耳に押し当てると、宿直の声が呼びかけた。

「棟居さん、一九九号（殺人）発生。現場はS区××番地の路上、被害者は男、刃物で刺された。一一〇番通報者は近所に住むマラソンマン。現場に直行してくれ」

カフェの所在位置から現場は近い。棟居は残ったコーヒーを一気に飲み干すと立ち上がった。

平和な朝の表情から一転して臨戦状態になった棟居の面に、千尋は、

「お仕事ですね」

と一言言った。

「失礼します。当分お目にかかれなくなるかもしれません」

棟居の意識から遠い未知の町に新たな可能性を探す幻想は吹き飛び、「いい現場」に急行する猟犬になっている。

現場はS区内の住宅街の路上。棟居が臨場したときは初動捜査班のメンバーが先着していて、周囲に立入禁止の綱を張り、現場の見分を始めていた。

被害者は身につけていた所持品から、島原勝一（しまばらしょういち）、三十三歳。ワンコールワーカー、いわゆる日雇い派遣、独身である。

創傷は刃物で後背部から刺されている。さらに後頭部に鈍体の作用による打撲創が認められ、脳内部に影響を及ぼしていそうである。現場には刺創と打撲創に相応する

凶器は発見されない。

ほどなく鑑識が到着して、死後経過数時間と推定された。凶行は昨夜深夜から今朝未明にかけてと見られる。

採証活動に従事していた鑑識が、被害者の衣服からなにかをつまみ取った。それを目ざとく見つけた棟居は、顔馴染の鑑識係に、

「なにかありましたか」

と問いかけた。

「毛ですね。動物の毛らしい。黒い毛が黒っぽい衣服に付着していたので気がつきませんでした」

鑑識係が答えて、採取した動物の毛のようなものを微物保存用のビニール袋に入れた。

鑑識の採証活動が一段落するまでは、捜査員は死体を細かく観察できない。

現場は閑静な住宅街で、表通りから離れており、夜間はほとんど人通りが絶える。通り魔の可能性も考えられた。

被害者が深夜、現場に来た理由が問題にされた。

路上事件においては、目撃者の発見と被害者の前足（生前の足取り）の確認が捜査の最優先ポイントとなる。

路上は、屋内の現場に比べて原型が速やかに破壊、あるいは消滅していく。素早い立ち上がりが、特に路上事件捜査においては要求される。

鑑識が足跡や微物を採集し、写真撮影や計測をし、インスタントカメラで撮影された被害者の顔写真が捜査員に配布される。すでに緊急配備態勢が布かれている。

この時点では、まだ犯人像はまったく不明である。もし通り魔の犯行であれば、事件発生後数時間経過していると推定されるので、犯人は緊急配備の網を潜り抜けてしまったかもしれない。

実況見分の後、地割りが行なわれ、二人一組になって現場周辺の聞き込みが始まる。まずは目撃者の発見が急務である。閑静な住宅街の路上事件であるが、都内であるので帰宅の遅い者が通行している可能性がある。

また付近の住人が凶行の気配や、なんらかの音声、悲鳴などを聞きつけている可能性があった。すでに近隣の住人たちは、事件が発生したことを知っている。この区域にはアパートが増えている。アパートは不在者が多いので、無駄足を覚悟しなければならない。

ようやく住人に会えても、近所でだれが死のうと無関係という人間が多い。通り魔の犯行となれば、犯人と現場の関係もなく、被害者との敷鑑（人間関係）もない。

だが、棟居は通り魔ではないという直感がした。通り魔は繁華街や、人が多く蝟集する場所を犯行の舞台として好む。すれちがいざまの犯行が多いが、この犯人は背後から一刺ししている。追跡して来て刺したか、あるいは被害者の顔見知りの者かもしれない。

顔見知りの者であれば、背後に近づいて来て、凶器を振るわれるまで油断していたであろう。棟居は女にも可能な犯行手口であるとおもった。

死体は採証と検視の後、解剖に付された。

解剖の鑑定結果は、意外にも死因は刃物による創傷ではなく、頭部打撲による脳内出血を伴う脳挫傷であった。

死亡推定時間は死体発見前三時間ないし五時間、すなわち深夜から当日午前二時ごろにかけてと、おおむね検視の第一所見と一致した。

一方、被害者の衣服から採取された動物の毛は、科学捜査研究所に委託され、犬の毛と識別された。

参考として、後背部の刺創は刺し入れ口から刺創管の末端まで六センチ、動脈や肺も傷つけておらず、出血量も少なく、生命に脅威をあたえる損傷とは認め難い。背後から刺されて昏倒した弾みに、被害者の頭部を地上に露出したコンクリート、あるいは岩石のような鈍体に激しく打ちつけて惹起（じゃっき）した頭部挫傷に伴う頭蓋内出血が直接の死因と認められる、と意見がついていた。

棟居はその参考意見に首をかしげた。被害者が倒れていた現場には直接の死因となるような損傷をあたえる鈍体（コンクリートや石や岩など）はなかった。住宅街の路上で舗装もされていない。こんなところに倒れた程度の衝撃が死因となるであろうか。

執刀医の参考意見の通りであるとすれば、刃物の刺創が先であり、その後から頭部挫傷が形成されたはずである。だが、鑑定書では二つの異なる創傷についての形成順序については言及されていない。

複数の、それも種類と程度の異なる傷が同一被害者に併存する場合は、その形成の後先、順序を確認しなければならない。また創傷が二ヵ所以上の場合は、複数加害者による異なる凶器による犯行の可能性も考えなければならない。

棟居は担当執刀医に連絡して、その点について確かめた。

「創傷が二つ以上あって、それぞれの受傷にかなりの時間的隔たりがある場合は、その前後を決定できますが、この検体については二個の受傷がほとんど同時と見られるくらいに接近しておりまして、どちらが後先か見分け難くなっています。しかし、頭部の創傷は作用面が限定された金槌や棍棒等の凶器の作用によるものではなく、作用面の偏平な鈍体、つまりコンクリートや石のようなものではないかと推測されたのです。すると、なんの惹起原因もなく昏倒するはずもなく、背後からの創傷が先であると推定されたのです」

と執刀医は答えた。

棟居が、現場には頭部打撲を形成するような〝鈍体〟がない旨を伝えると、

「被害者は複数の受傷後、多少の行動能力を残していたとおもわれます。第一現場から死体となって発見された現場まで自力で移動したか、あるいは車によって運ばれた可能性も考えられましょう。しかし、移動の方法については我々が決定すべきことではなく、私が言えるのは、受傷後、多少の行動能力を残していた可能性があるということだけです」

執刀医の意見を聞いて、棟居はかえって疑問が脹らんだ。

島原は刺し傷以外の別の原因によって昏倒したのかもしれない。つまり、頭部挫傷が先で、背中の刺し傷が後である可能性も否定できないのである。

二個の傷の形成順序が剖見による意見と逆転すれば、被害者が倒れた惹起原因はなにか。棟居は思案したがわからない。

島原勝一の現住所は不定であったが、被害者が所属していた派遣会社から、以前の住所が判明した。死体発見現場は彼の生活圏から離れている。

被害者が一年前まで住んでいたM区内のアパートの管理人が保存していた遺品から、当時、被害者が交際していた女性の名前が判明した。

一年前、被害者は具体的な理由もなく突然失踪し、置き去りにされた飼い犬をその女性が引き取ったと管理人は語った。俄然、この時点で被害者の衣類に付着していた犬の毛がクローズアップされた。

島原勝一の飼い犬を引き取った女性の名前は藤森千尋であった。ここに千尋と島原はつながった。

棟居は藤森千尋の浮上に因縁をおぼえた。コーヒーが取り持ったカフェの常連というだけの浅い縁(えにし)が、このような形で再燃しようとはおもってもいなかった。被害者の衣類から黒い犬の毛が分析されたと聞いたとき、ふと予感が走らないでもなかったが、まさかというおもいの方が強かった。

所轄署に捜査本部が設置され、藤森千尋を参考人としての事情聴取が決議された。ほとんど間をおかず、事件は意外な展開を示した。

村山純子(むらやまじゅんこ)と名乗る三十三歳の女性が、島原を刺したと、友人に伴われて捜査本部に自首して来たのである。

村山純子は現在無職、一年ほど前、島原と知り合い、東京から駆け落ちをして温泉を泊まり歩いていたが、金を使い果たして福岡、広島、大阪などの風俗業界を転々としていた。島原はその間、純子のヒモになってぶら下がっていた。

放浪の旅に疲れて一年ぶりに東京に帰って来ると、島原は急に別れようと言い出した。どうやら元の女とよりを戻したそうな島原の様子を察知した純子は、犯行当夜、島原の後を尾(つ)けると、案の定、純子の前に交際していた女の家を訪ねて行った。しかし、

「相手にされず、門前払いを食わされたようでした。よほど精神的にこたえたらしく、ふらふらしながら女の家から出て来ました。私は、ざまあみろとおもって、しばらく後を尾けてから声をかけると振り返り、女の名前を呼んだ。私をいま会ってきた女とまちがえたのです。私は純子よと言いますと、初めて気がついたようにぎょっとなって逃げ出しました。逃げながら、女の名前を呼んで、助けてくれと叫んだのです。

かっとなった私は、脅すために持って来たナイフで島原を刺しました。あとのことはよくおぼえていません。テレビのニュースで島原の死体が発見されたことを知って、私は都内のビジネスホテルを泊まり歩いていました。そんな一寸逃れをしていてもどうにもならないことがわかって、友人に相談して自首することにしたのです」

純子の所持品の中には、廃棄せずに保存していた凶器のナイフがあった。ナイフに付着していた血液は島原のＤＮＡと一致した。

村山純子の自首と自供によって、事件は急転直下、解決した。

棟居は釈然としなかった。村山純子が刺した傷では、島原は死なないのである。純子から刺されて地上に転倒した弾みに、打ちどころが悪くて頭蓋内に出血して死んだと捜査本部は見ていた。

現場に頭部挫傷を形成するような鈍体はなかったと棟居が主張しても、打ちどころが悪ければ死因となるような頭部挫傷を惹起しても不思議はないと見るのがおおかたの意見であった。

捜査本部の大勢意見は解剖の鑑定意見を踏まえている。刺し傷が先行して、昏倒した弾みに頭の打ちどころが悪くて、それが死因となったという執刀医の意見が先入観として植えつけられていた。

村山純子が事のすべての原因であれば、致命的なダメージを加えた鈍体が現場にあろうとなかろうとどうでもいいことなのである。

棟居は捜査本部の大勢意見に不服であったが、それを引っくり返す明快な反証を提出できなかった。

村山純子は島原勝一を殺害するつもりで刺し、そして予期した通りの結果が発生していた。

村山純子は殺人罪で起訴された。

事件が解決して、棟居はまた行きつけのカフェの指定席に腰を下ろした。事件が解決しての指定席でのコーヒーは特にうまい。

テレビが、この週末ごろから桜が見頃になるだろうと開花予想をしていた。この数日、適度な雨と暖かい日のサイクルがつづいて、急速に桜がほころんだ。各地の開花予想が早まっている。行きつけのカフェの窓からも七分咲きの桜が望める。朝靄をからめた中から立ち上がる花をつけた樹形は、美しい幻のように見えた。

だが、この朝のコーヒーは棟居の胸に釈然としないおもいがスモッグのようにわだかまったままであったので、いつもの事件解決後のコーヒーには及ばない。

その朝、藤森千尋は棟居より少し遅れて隣席に坐った。千尋の表情もいつもの朝に比べて少し硬いようである。事件の余波がまだ引いているようであった。

同じカフェの常連同士が、まさかこのような形で一つの事件に関わろうとはおもってもみなかった。奇しき因縁といえよう。

「実は私、今日、棟居さんにお別れにまいりましたの」

千尋は言った。

「お別れ……というと」

「この度、私、故郷(くに)へ帰ることにいたしました。このお店に来るのも今日が最後です」

「それは……残念ですね」

「今朝、棟居さんにお会いできて嬉しいです。もし棟居さんが今朝いらっしゃらなければ、お別れを告げずに帰郷しなければなりませんでした」

「寂しくなります」

おそらくこの度の事件が帰郷の原因になっているのであろう。棟居はあえて詮索をしなかった。

「もう、ご存じとはおもいますが、島原とは内縁関係にありました。彼が女性と蒸発して以来、いつかは帰って来るだろうとわずかな希望をつないで東京に留まっていましたが、島原があのような仕儀になってしまって、これ以上、東京にいる理由がなくなりました。仕事の方もあまりはかばかしくなく、この際、おもいきって店をたたみ、故郷に帰ることにしました。幸いに島原が私を受取人に指定して生命保険に入っていたので、そのお金でなんとかやっていけます。もう、東京は充分です。故郷に帰って、どこか小さな会社に勤めて、ひっそりと暮らしたいとおもいます」

「シーザーも一緒に連れて行くのですか」

「はい。シーザーはもう私の子供のようなものです。離れては暮らせません」

「そうですか。わずかなご縁でしたが、ご機嫌ようお過ごしください」

「棟居さんもお元気で」

上京して何年になるのか、東京で悪戦苦闘して、ともかく一軒のブティックを持つようになってから帰郷するのは、尋常の決心ではない。東京はもう充分という彼女の言葉裏には、上京してからの過酷な歳月が凝縮されている。

だが、千尋の言葉は、村山純子の自供と矛盾している。純子の自供によれば、島原は千尋の許に帰ろうとしたが、彼女が受け入れなかったという。他の女の許に走った島原が、いつかは自分の許に帰って来るだろうと一縷の希望をつないで東京に留まっていたという千尋が、ようやく帰って来た彼をなぜ拒否したのか。

「亡くなった島原さんは当夜、亡くなる直前、あなたの家に行かれたそうですが」

棟居は去って行く千尋を、引き止めるように問うた。

「はい、元の鞘におさめたいと言って来ました」

「どうしてそれを受け入れなかったのですか」

「あまりに勝手すぎるからです。彼は私の許に帰って来たのではなく、シーザーの許に帰って来たのです」

「シーザーの許に……」

「彼が元の鞘と言ったのは、シーザーのことです」

「犬が元の鞘なのですか」

「彼は私を前にして、シーザーのことを片時も忘れたことはなかったとぬけぬけと言いました。そして、シーザーを返してくれと言ったのです。私はその言葉に、彼を一年間待ちつづけていた気持ちが、音を立てるようにして崩れてしまいました」

そのとき、棟居はカフェの店先でシーザーに飛びつかれて、危うく倒れそうになったことをおもいだした。店先には季節の花を植えたコンクリート製のフラワーポットが並べられている。一つの連想が棟居の脳裡を走った。

「つかぬことをうかがいますが、シーザーは久しぶりに前の飼い主の姿を見て、どうしましたか」

「喜んで飛びつきました。そうそう、シーザーがあまりに勢いよく飛びついたので、島原は体勢を崩して倒れた弾みに、家の前に置いてあったコンクリート製のプランターに頭を打ちつけて、こぶをつくったようです。島原はよほど痛かったと見えて、しばらくうずくまっていましたが、ようやく立ち上がって、ふらふらしながら帰って行きました。その帰りに刺されたのです。まさかあんなことになろうとは。あのとき私が家に引き止めていたら、島原は死なずにすんだのです。私が殺したような気がして、悔やまれてなりません」

千尋は涙ぐんだ口調になった。

「あなたのせいではありませんよ。運命だったのです」

「悲しい運命ですわ」

店先でシーザーが悲しげな鳴き声を出した。

「それでは、失礼します。故郷に帰っても、棟居さんとこのお店のことはおもいだしますわ。お世話になりました。ご機嫌よう、さようなら」

シーザーに促されたように、千尋は改めて席を立った。

彼女の故郷がどこであるか聞かなかったが、東京から遠く離れた小さな町で、人生をリセットした千尋がシーザーと共にスタートする新しい暮らしを、棟居はふと想像した。そこには蜜のような陽の光りと、穏やかな空気、ゆったりした時間が流れているであろう。そんな暮らしも悪くはないとおもうが、棟居には縁のない幻想の世界であった。

千尋と入れ替わるように、ようやく常連が姿を見せた。

棟居は同じ席を占めたまま、藤森千尋との最後の会話を反芻していた。

棟居は事件発生当日の朝、シーザーの体からシャンプーのにおいがしたことをおもいだした。前夜、千尋がシーザーの体を洗ったのであろう。シャンプーのにおいが棟居に一連の発想を促した。

千尋はなぜ当夜、シーザーをシャンプーしたのであろう。以前にも何度かシーザーにシャンプーのにおいを嗅いだことがあったので、当夜、シャンプーを使おうとべつに異とするには足りない。だが、事件発生当夜のシャンプーが棟居の意識に引っかかった。

シャンプーのにおいに、執刀医の言葉が重なった。

「創傷が二つ以上あって、それぞれの受傷がほとんど同時と見られるくらいに接近しておりまして、どちらが後先か見分け難くなっています。しかし、頭部の創傷は作用面が限定された金槌や棍棒等の凶器の作用によるものではなく、作用面の偏平な鈍体、つまりコンクリートや石のようなものではないかと推測されたのです。すると、なんの惹起原因もなく昏倒するはずもなく、背後からの創傷が先であると推定されたのです」

と執刀医は言っていた。

その執刀医は島原の刺創が先で、頭部打撲傷が後と推定した。だが、あくまでも推定であり、決定ではない。頭部打撲傷が先で、刺創が後という可能性もある。

もしそうであったらどうなるか。島原は村山純子に刺された血まみれの身体で、千尋の家に転がり込んで来た。久しぶりの飼い主の来訪にシーザーが飛びつく。その弾みに島原はシーザーと同体に倒れて、プランターに頭を打ちつけた。当然、シーザーの犬体は島原の血に染まる。その血を洗い落とすためにシャンプーしたのではないのか。

そうなると純子の自供と矛盾してくる。純子は島原が千尋の家を訪ねた後、刺したと自供しているのである。どちらかが嘘をついていることになる。だが、なぜそういう嘘をつかなければならないのか。

二人の共謀という発想が閃(ひらめ)いた。純子と千尋にとって、島原は重い荷物でしかなくなっていた。千尋は島原が彼女を保険金受取人に指定して生命保険に加入していたと話していた。その保険金を千尋と純子が山分けして、共謀したのではないのか。

千尋は島原が血まみれになって転がり込んで来たとき、後を追って来た純子の姿を見かけた。シーザーが島原に飛びかかった弾みに、すでに気息奄々としていた島原が倒れて、頭の打ちどころが悪くて死んでしまった。

その一部始終を純子に見られてしまったことを悟った千尋は、純子に保険金を半分やるから、島原が倒れて頭を打った後に止どめを刺したことにしてくれと持ちかけた。いずれにしても、島原を刺した罪を免れない純子は、初犯でもあり、手許が狂って深く刺してしまったといえば、さしたる罪にはならないだろうと千尋から説得されて、その話に乗った……のではないのか。

もしかしたら、島原が倒れたのは、シーザーが飛びかかったからではなく、千尋が突き飛ばしたのではないのか……。

ここまで想像を追ったとき、携帯が鳴った。耳に押し当てると、当直から、

「新宿・歌舞伎町二丁目のラブホテル・ベルサイユホテルで一九九号発生。被害者は二十五歳のコールガール、発見者は同ホテルの従業員。現場に急行してください」

と呼び出しがかかった。

棟居は束の間の想像から覚めて、我に返った。こんな想像をするのは、骨の髄まで刑事根性が沁みついているからであろう。平穏無事な朝であれば、コーヒーをもう一杯、アンコールするところであるが、すでに彼の心は現場に飛んでいる。

先刻まで藤森千尋が坐っていた席をふと、見ると、一枚の花びらが残っている。おそらく早咲きの桜の花びらが千尋の身体に舞い落ちて、運ばれて来たのであろう。

客去りて花びらのある席を取り

どこかで見たか聞いたかした無名の俳人の一句が頭に浮かんだ。その花びらが、棟居がこれから向かう現場の血を浄(きよ)めてくれるような気がした。

青春の破片（かけら）

公務で金沢に出張した棟居は、帰途、ふとおもいたって、富山経由高山に立ち寄ることにした。公務を果たし、特に急いで帰京する必要もない。キャップの那須警部も、ゆっくり温泉にでも浸ってこいと言ってくれた。

高山は棟居の青春の追憶が刻まれている地である。若いころ、しきりに山に登った。北アルプスが多く、白馬や立山から南に縦走して飛驒側に下山すると、高山に寄った。奥飛驒の温泉で山の汗を流し、高山の古い街並みをレンタサイクルでまわる。秋には高山だけを目当てに、野麦峠を徒歩で越えて行ったこともある。

観光客が去った古い街角、上三之町辺り、夕闇が降り積もるころ、一人歩いていると、自分の心の故郷に帰って来たような気がした。

学生時代、最終学年の夏、北アルプス北端の白馬から南端の穂高までの単独縦走を志した。健脚の棟居でも、順調にいって全行程七～八泊を要する大縦走である。これにアプローチや下山の時間が加算される。

体力旺盛でふんだんに時間に恵まれている学生時代でなければ、なかなかできない北アルプスを満喫する山旅である。この山旅は、いまでも棟居の人生の宝石のような想い出になっている。

白馬から針ノ木までは、右手に黒部渓谷の深淵を挟んで、剣・立山が並走し、左手信州側には青く烟る安曇野の大展望が開けている。稜線を糸のように這う縦走路のはるか南方には、白く輝く夏雲の上に槍ヶ岳の尖峰がアルピニストを導く十字架のように天を指している。

三俣蓮華岳で剣・立山・薬師から延長してきた縦走路と合して、双六岳を経て槍ヶ岳に向かう。一歩ごとに槍ヶ岳が迫ってくる。すでに縦走の終盤にかかっている。

棟居が有沢美奈に出会ったのは、槍ヶ岳と穂高岳の間にある大キレットと呼ばれる岩場であった。この間の縦走路中、急激に落ち込むコース最悪の核心部であった。

キレットのどん底から北穂高岳への登りにかかって間もなく、飛騨泣きと呼ばれる足場の悪い岩場があり、眼下には目もくらむような垂直の崖が奈落の底に切れ落ちている。

要所要所に鎖や針金が取り付けてあり、足場もしっかりしているので、山に慣れた者であれば特に難しい場所ではないが、初めての者は足がすくんでしまう。一般コースではあるが、槍・穂高縦走路の最悪の難所とされている。

棟居が飛騨泣きを通りかかったとき、一人の若い女性登山者が途方に暮れたようにたたずんでいた。二人以外には登山者の影は見えない。一般コースではあっても、若い女性が単独で槍・穂高の縦走をするのはかなりよい度胸である。彼女はこのような高峰の縦走は初めてのようである。ここまで来られたのが不思議なくらいである。だが、飛騨泣きまで来て、足がすくんで動けなくなってしまったらしい。

棟居は声をかけ、彼女の手を取り足を取るようにして誘導しながら、飛騨泣きを無事に通過した。それが有沢美奈との出会いであった。

最悪の難所は通過したが、その後も痩せた岩稜がつづく。心細そうにしている彼女を、棟居は置き去りにできなくなった。どうせ今宵（こよい）の宿は穂高岳山荘である。棟居は穂高岳山荘まで彼女をエスコートすることにした。

棟居が同行してくれることになったので、美奈はほっとしたようである。たがいに自己紹介し合い、美奈は名古屋の短大生で、高山にある生家に帰省中、朝夕眺めている槍と穂高に登りたくなって出かけて来たという。

地元で毎日、馴れ親しんでいる山なので、自分の家の庭のようなつもりで気軽に登ったらしい。

「棟居さんは命の恩人です。棟居さんが通り合わせてくれなければ、私はきっと飛騨泣きから谷底に落ちて、いまごろは禿鷹（はげたか）の餌（えさ）になっていたでしょう」

と有沢美奈は大げさな謝辞を述べた。だが、飛騨泣きで足がすくみ、にっちもさっちもいかなくなっていた彼女にとっては真情のようである。

棟居にエスコートされて、無事に穂高岳山荘に着いた。

その日の夕暮れは見事であった。夏の高峰の黄昏（たそがれ）は長い。笠ヶ岳の方角に陽は没し、蒲田川渓谷に夕闇が濃く降り積もっていっても、頭上の空にはいつまでも残照がたゆたっている。陽のある間、躍動していた雲もようやく鎮静して、それぞれの定位置におさまるように山間（やまあい）に沈んだ後も、地平線に林立する雲の峰はまだ赤々と染まっている。

一刻も同じ色調に留まらない色彩は、不動のはずの山並みに、秒刻みの彩色を施し、西の方から押し寄せてくる闇の大軍に統一される前の最後の抵抗を示すように煮つまっていく。

長い縦走路を蟻のようにたどって山荘に到着した登山者たちは、しばし屋内に入るのを惜しんで、暮れゆく山並みを茫然と見守っている。

西の天末の残照が消えても、まだ東方の空に暮れ残った色彩が執拗に張りついている。地上はすでに闇の軍勢に支配されていて、遠方の町の灯（ひ）が光の粉のようにこぼれて見える。闇の支配といっても完全ではない。地上には人工の照明、空には星の海が覗（のぞ）く。

棟居と有沢美奈は山荘に荷を下ろして、山の黄昏に見とれていた。

棟居は山のこの時間帯が好きであった。学生時代の山の旅は、彼にとって自分探しの旅であった。社会に出て、警察（現場）を職場とするようになってからは、山行きは現場で浴びた血を清める旅となったが、人生の方途が定まらない学生時代は、山頂から八方に拡がる大展望に自分の将来を探していた。

地平が空と青く溶接している遠方のどこかに、自分の将来がある。仕事、多数の出会い、自分のために生まれてきた異性、無限の可能性やチャンスなどがある。そんなことを夢想しながら、山頂の岩に拠（よ）って放心しているのが好きであった。

同じ位置であっても、四季折々、時間帯によって異なる風景が展開されたが、遠望に潜む無限の可能性は同じであった。棟居はその青春の山頂から、未来に向かって旅立って行ったのである。そしていまの棟居がある。

学生時代、最後の山旅の終止符として有沢美奈に出会ったことに、棟居は縁（えにし）をおぼえた。遠方にいるとおもっていた異性の一人が、手を伸ばせば届く至近距離にいたような気がした。だが、知り合ってからの時間が不足している。

「私、また棟居さんにどこかでお会いするような気がします」

美奈が棟居の胸の内を読んだように言った。

まだ再会を約したわけではない。棟居は無言でうなずいた。彼女には棟居に救われた興奮がまだ残っている、とおもった。棟居自身も興奮しているのかもしれない。

山の先輩が、山での恋は長つづきしないと言った。事実、彼の山仲間で山で知り合った女性と下界でつき合い、あるいは結婚したりした者もいるが、ほとんどうまくいっていない。山での出会いを地上につなぐと幻滅するケースが多い。看護師に憧れた患者が、制服を脱いだ当人と会ってがっかりするのに似ている。

いつの間にか陽はとっぷりと暮れた。山は本来の姿勢に戻り、巨大な影となってうずくまった。気温が急に下がった。

「そろそろ中に入りましょう」

棟居は促した。すでに夕食の時間である。

翌朝、上高地に下った棟居と美奈は、再会を約して別れた。具体的に時間と場所を決めての再会の約束ではない。美奈は高山の生家の住所をおしえてくれた。

その後、しばらくは美奈と年賀状を交換していたが、棟居が転居を重ねたこともあり、交信が間遠（まどお）になり、そして途絶えた。山をバックにした寂しげな陰翳（いんえい）を含んだ美奈の端整な面影は、棟居の瞼（まぶた）に刻まれていたが、それも青春の幻影のように霞んだ。

あれから二十余年、おそらく彼女は結婚して子供を持ち、幸せな家庭を営んでいるであろう。棟居と山で共有したわずかな時間は、彼女の幸福な暮らしの中に入り込む余地はないであろう。

その間、棟居は警察に入り、刑事になった。結婚して子供にも恵まれたが、悲痛な事件に遭遇して家族を失った。その後、恋もしたが、恋人も凶悪な犯罪者に殺された。棟居自身が生涯治癒し難い深い傷痕を心に負い、いとしい者の喪失を経験して生きている。それもかつて山頂から見た遠方の中に潜んでいたものであった。

そして二十余年後、棟居は未知の女性から意外な手紙を受け取った。手紙は棟居の職場宛に配達された。

――有沢加奈と申します。初めてお便りする失礼をお許しください。

私は山で棟居様にお助けいただいた有沢美奈の妹でございます。姉から棟居様のお噂はいつも聞かされておりました。姉は、一度でいいから棟居さんとまたお会いしたいと申しておりました。姉はがんに侵され、本年×月×日に永眠いたしました。

棟居さんの消息は、新聞の報道記事で知りました。そのとき姉はまだ存生していて、懐かしそうに、この方が私の命の恩人の棟居さんよ。でも、穂高でお別れした後、こんな辛い経験をなさったとは知らなかったわ。お慰めする言葉もないわと言って、あえてご連絡を取ろうとしませんでした。

姉が亡くなる直前、私を呼んで、棟居さんにぜひお話ししておきたいことがあるけれど、自分の口からは直接申し上げられないので、私に代わって伝えてもらいたいと言い残しました。

ご多忙の御身であることは重々承知しておりますが、ご都合のよいお時間がおありでしたら、ご連絡いただければ幸いに存じます。姉の遺言をお伝えしとうございます。――

という大要の文面の手紙であった。

その手紙を受け取ったのが、金沢出張が決まった少し後であった。懐旧の想いにかられながら、棟居はそちらへ行く所用もあり、故人の墓参もいたしたいので、当方からまいりますと返事を出した。

公用の途上と伝えることにためらいをおぼえたが、そうとでも書かなければ、妹がわざわざ上京して来そうなので、あえて明らかにした。

二十余年前、槍・穂高縦走路の途上で出会ったときの陰翳を含んだ端整な美奈の顔をおもいだした。穂高岳の岩稜に拠って、残照に包まれてたたずんでいた彼女の姿は、山という特異な環境にあったにせよ、下界よりは天に所属するかのように、この世のものならぬオーラを自ら発光しているように感じた。その女性がすでに故人になったと聞いて、感無量であった。

金沢の公務を滞りなく果たし、富山から高山線に乗り換える。この路線は棟居にとって想い出が深い。

かつて清水谷公園黒人殺害事件（『人間の証明』）の犯人の足跡を追って、いまは亡き横渡刑事と共に八尾に行った。富山から数駅、ようやく平野から山地にさしかかったとき、列車は越中八尾と表示された駅のホームに滑り込んだ。短いホームにまばらな乗客が降りる。横渡と共に初めて訪問したときとまったく同じ光景であった。

あのとき犯人につながる重要な手がかりをあたえてくれたよしのという老女はいまでも健在であろうか。あのときすでに相当の年齢であったから、故人になっているかもしれない。

またそのときの出張で泊まった旅館の頰の赤い、目の大きな若いお手伝いの顔をおもいだした。たしかおしんちゃんと呼ばれていたが、しきりに東京へ行きたがっていた。だれかこの町から連れ出してくれる人がいたら、いますぐにでも従いて行くと言っていたが、彼女もいまはよい母親になっているであろう。

棟居は途中下車したくなった衝動を抑えて、車窓から閑散としている駅前の方角に視線を投げていた。

「母さん、ぼくのあの帽子

どうしたでせうね？」

犯人を落とした西条八十の詩の一節が、突然、棟居の脳裡によみがえった。

列車はいつの間にか動き出していた。駅名の表示が彼の視野から後方に去った。

高山駅に下り立つと、駅頭に二十余年前、縦走路で出会った有沢美奈その人のような女性が出迎えた。棟居の記憶にある美奈とさして変わっていない。

束の間、唖然（あぜん）とした棟居に、

「有沢美奈の妹・加奈でございます」

と丁重に挨拶した。妹であることはわかっていても、棟居には美奈が生き返ってきたように感じられた。いや、棟居の意識の中では美奈は死んでいない。

初対面の挨拶を交わした後で、棟居は、

「もしお墓が近ければ、これからお参りしたいのですが」

と申し出た。

「有り難うございます。姉もさぞ喜ぶでしょう。市域にありますので、ご案内いたします」

と加奈は言った。

加奈が運転する車に乗せられて、市郊外の高台にある墓地に案内された。墓地から槍・穂高や笠ヶ岳がよく見える。そこに有沢家累代（るいだい）の墓があった。

「姉はご先祖様のお墓参りだけではなく、この地が好きでした。よく私を連れてここに登り、山の名前をおしえてくれました。棟居さんに助けられてから、山にはまって、北アルプスの全山を踏破しました。でも、いまにしておもえば、姉はいつか山で棟居さんに再会できるかもしれないと期待して、登っていたような気がします」

と加奈は言いながら、青く霞んでいる北アルプスの山並みに遠い視線を泳がせていた。

棟居は二十余年前、この墓地に立って、いつかは登るべき約束の山として、北アルプスに視線を吸いつけられている美奈の姿を加奈に重ねた。

日脚の長い時期であったが、墓参がすむと太陽がだいぶ西の方角に近づいていた。

「もしお疲れでなかったら、高山の古い街並みをご案内いたしたいのですが。ちょうど観光客も帰る時間帯で、静かになりますわ」

墓参後、加奈は控えめに申し出た。

「有り難うございます。私もせっかく高山に来たので、古い街並みを見たいとおもっていました」

棟居は加奈のタイミングよい誘いを喜んだ。

学生時代、野麦峠を越えて高山を初めて訪れたとき、レンタサイクルで上三之町に行ったことがある。美奈に会う以前のことで、それは棟居の記憶の中に、幻影の中の町のように優しく烟(けぶ)っていた。

墓参後立ち寄った上三之町は、まさに幻影の町であった。観光客も立ち去り、森閑とした古い街並みに、静かに夕闇が降り積もり始めている。歴史に磨かれたベンガラ(紅殻)色の古い家並みは黒光りを発して、夕闇の中に溶け込んでいくようである。

人影の絶えたその街並みを、加奈と肩を並べて歩いていると、二十余年前の美奈に案内されているような錯覚を持った。

「棟居さん、いま姉と一緒に歩いているような気がしているのでしょう」

加奈が棟居の心を読んだように顔を覗き込んだ。それは美奈その人から声をかけられたように、遠い過去の面影とぴたりと重なり合った。

上三之町の黄昏は早い。陽の位置はまだかなり高いのに、午後五時を過ぎると、軒を並べた各家とも大戸を下ろし、人通りがぱたりと絶える。家並みの前を潺々(せんせん)と流れる生活用水の水音がにわかに自己主張してくる。この時間帯を狙って、この界隈に来る者はかなり旅慣れている人たちである。

いつの間にか杳々と黄昏れ、町に夕闇が濃くなった。

「お疲れになったでしょう。そろそろまいりましょうか」

去り難にしている棟居に、加奈がそっと声をかけた。

棟居は加奈に、美奈の生家に案内された。生家は高山の市内を貫流する宮川沿いの老舗旅館であった。高山特有の軒の低く、奥行きの深い二階建てで、一階と二階を区分する小庇が付き、表には暖簾、出格子、犬垣が付いている。

これに太い梁を支える頑丈な一本柱、ベンガラ塗りの木造の外観は黒光りして、歴史が滲む。入り口脇の年代ものの表札に、「寿美正」という屋号が墨で書かれている。

家の前を流れる清冽な用水を跨いで屋内に入ると、中央が吹き抜けになった土間であり、これに面する座敷の上がり口に炉が仕切られている。室内のそれぞれの位置に古格のある什器や民具や甲冑が飾られ、家史を物語っている。

古い街並みが保存されている上三之町界隈から少し離れてはいるが、昔ながらの高山の旅籠を頑固に守りつづけてきたような古格のある構造であった。

土間には加奈の両親が立って出迎えた。棟居は家族総出の出迎えを受けた。いつの間にか清楚な和服に着替えた加奈が、二階の奥にある客室に案内してくれた。宮川の眺めを一望にする、この家で最も上等な客室らしい。

廊下を案内される途中、宿泊客らしい何人かの外国人とすれちがった。高山の歴史と伝統を保存しているこの旅館は、外国人に人気があるようである。

窓の外には宮川が流れ、対岸には朝市が立つという。どうやらいまは加奈が女将（おかみ）として家業を引き継いでいるらしい。玄関を入ったとき、かすかに香の香りを嗅いだような気がしたが、仏間の方角から漂ってくる線香のにおいらしい。

「このような古い旅籠ですが、どうぞごゆっくりなさっていってくださいまし」

加奈が言った。

棟居は仏壇の位牌に焼香したいと申し出た。仏壇は一階の炉が切られた、上がり口の部屋の奥の部屋につくりつけられていた。家史を示す古い仏壇に、累代の先祖の位牌の中で一際新しい一対の位牌が並んでいた。美奈の位牌は見当がついたが、その隣りに並んでいる位牌の主が不明である。

棟居は焼香して、用意してきた香典を供えた。加奈は恐縮しながらも、この仏壇は、平素は客の目に触れぬようにつくりつけの奥に隠され、閉じられているそうであるが、棟居がきっと焼香したいと申し出ることを予測して、扉を開いていたと言った。

棟居は、美奈の隣りの位牌が気になったが、その場では聞かなかった。

焼香後、木の香も新しい檜(ひのき)づくりの風呂に案内された。汗を流して部屋に戻ると、夕食が運ばれてきた。

名物の飛騨牛に山の幸を満載した夕食の膳は豪勢である。かなりの客が宿泊しているのにもかかわらず、加奈は棟居にほとんどつき切りで接遇した。棟居がいくら放っておいてくれと頼んでも、「ご迷惑でなかったら」と離れない。

夕食後、食器を取り下げた後、改めて加奈が部屋に来た。

「お疲れでしょうけれど、姉が棟居さんにぜひお伝えしてと言い残したことをお話し申し上げたいとおもいます」

加奈は少し改まった口調で言った。

「疲れてなんかいません。それより、お忙しいのに申し訳ないとおもいます」

「いいえ。今日は棟居さんとご一緒できて、私も嬉しゅうございます。姉はきっとあちらから羨(うらや)ましがっているかもしれませんわ」

加奈は一呼吸おいて、

「姉が久しぶりに棟居さんの消息を知ったのは、『人間の家』事件のとき、指名手配されていたその幹部の一人を棟居さんが逮捕したテレビの報道でした」

と語り始めた。

「人間の家」事件は宗教に藉口(しゃこう)し、政府の転覆を謀った邪教集団が最終戦争(ハルマゲドン)と称し、独自に密造した毒ガスを用いて霞が関に奇襲攻撃をかけようとした事件である。これを事前に探知した警察が、教団の全国各拠点に手入れして未然に防いだが、一部の教団幹部が手入れの網を潜り抜けて、六本木から地下鉄を襲撃しようとした。

人質に押さえられた恋人の桐子(きりこ)から、襲撃地点を察知した棟居が、教団実行部隊の隊長・縞木(しまき)と対決した場面をすべてのマスコミ機関が報道した。棟居は恋人・桐子を犠牲にして縞木を捕らえ、教団の襲撃を未然に防いだのである。そのときの報道が美奈の目に触れたのであろう。

「あのニュースは私も見ていました。棟居さんは凄かったわ」

加奈がおもいだしたように、面に感嘆の色を浮かべた。

逮捕された縞木は、余罪として棟居の自宅に押し入り、彼の妻子を殺害した事実を自供した。棟居が仕事で不在中の惨事であった。

「棟居さんに逮捕された教団幹部の後日の自供によって、彼が棟居さんのご家族を殺害したことを知りました。遅ればせながら心からお悔やみ申し上げます。

姉も犯人の自供に強いショックを受けていました。でも、姉は二十余年ぶりに棟居さんの消息を聞いても、連絡を取ろうとはしませんでした。亡くなる前に、あれほど棟居さんに一目でもいいから生ある間に会いたいと言っていたのに、連絡しようとはしませんでした。いいえ、できなかったのです」

「できなかった……？　どうしてですか」

棟居は不審におもった。棟居も会いたかった。ましてや、病いに蝕まれ、余命わずかの身であったと聞いては、よけいに会いたかった。

「姉は山で棟居さんに出会ったとき、因縁の糸で結ばれていたと言っていました。私もそうおもいます。槍・穂高の縦走路で棟居さんと姉が出会ったときから、すでに二人は因縁の糸で結ばれていたのです」

「それはどういう意味ですか」

「すでにお気づきとおもいますが、姉は結婚していました。姉の位牌の隣りにあった位牌の主が義兄です」

「美奈さんのご主人も亡くなられたのですか」

棟居は位牌の新しさからして、故人の命日はそれほど以前のことではあるまいと推測した。

「義兄は北アルプスで山小屋を経営していました。棟居さんと出会ってから山に行くようになった姉は、義兄と知り合い、結婚したのです。義兄は山小屋を経営しながら、民間のボランティアからなる山岳遭難救助隊を主導していました。

実は、棟居さんが逮捕した『人間の家』の幹部・縞木は、北アルプスに教団の拠点を築くべく、義兄の山小屋に滞在して下見をしていました。その日、義兄の制止を振り切って、悪天候を冒して出発した縞木は、危うく疲労凍死しかけたところを、義兄に救助されました。後日、報道で縞木が棟居さんのご家族を殺害したことを知った義兄は、あのとき自分が縞木を救助していなければ、棟居さんのご家族は殺されずにすんだと、とても衝撃を受けていたようです。

姉は義兄からそのことを聞いて、棟居さんに連絡したくてもできなくなったのです。義兄はその後、滝谷で発生した遭難の救助に向かい、雪崩に巻き込まれて二重遭難をしてしまいました」

加奈が語り終えると、しばし沈黙が落ちた。宮川の瀬音が急に高くなった。

「そうでしたか。たしかに美奈さんと私は山で出会ったときから、強い縁の糸で結ばれていたのですね」

棟居は、穂高の岩稜から、美奈と共に笠ヶ岳の稜線に沈んでいく夕陽を眺めた場面を想起した。あのとき、棟居は美奈との縁を感じたのである。だが、その縁の糸がこのような形に延びてこようとは予想もしていなかった。

「姉が私に、棟居さんに伝えてくれと言い残したことは、以上でございます」

「お姉さんは私への連絡を遠慮することは少しもなかった。お義兄さんが縞木を救助したのは当然のことですよ。仮に、縞木が私の妻子を殺すことを予知していたとしても、お義兄さんは救助したでしょう。自分の命の危険も顧みず、人を救うということはそういうことです。私はお義兄さんを心から尊敬します。

そして、お姉さんの言い残されたことを、いま加奈さんから伝え聞いて、感動しました。お姉さんはお義兄さんがなされたことを誇りにおもっていたのです。そして、その誇りを遺言として残したのです」

棟居は目頭に熱いものをおぼえた。

縞木と対決したとき、激情のおもむくまま、縞木を射殺しようとした。それを牛尾（うしお）が制止した。人間であるなら撃ってはいけない、と牛尾は言った。同時に妻の声が、撃たないでと叫んだ。その場面が改めて記憶によみがえった。

その夜、棟居は宮川の瀬の音を聞きながら、この世のものならぬ透明な光に包まれるようにして眠った。もしかすると、それは二十余年前、美奈と一緒に眺めた穂高の落日の光であったかもしれない。

翌早朝に目覚めた棟居は、再度、上三之町に行った。宮川の対岸にはすでに朝市が立っており、早起きの観光客が集まっている。

だが、上三之町には人影はなく、朝靄（もや）がさやさやと流れていた。朝靄の音とおもったのは、家並みの前を流れる生活用水の奏でる気配であった。朝靄の底にまだ古い街並みは眠っている。

寿美正に帰って来ると、加奈が出迎えて、

「お声をかけてくだされば、私もご一緒いたしましたのに」

と恨めしげな表情をした。

「ごゆっくりお寝みになれましたか」

朝食時に棟居にぴたりと寄り添うように侍った加奈が問うた。

「おかげでぐっすりと眠れました」

「それはようございました。お客さまの中には、宮川のせせらぎが耳について眠れないとおっしゃる方もいらっしゃいます」

「私にとっては懐かしい子守歌のように聞こえました」

「棟居さんに厚かましいお願いごとがございますの」

加奈がためらいがちに言った。

「なんでしょう？」

「もし、また当地にお立ち寄りの機会がおありでしたら、姉と出会った山に、ぜひ私をお供させてくださいまし」

「承知しました」

と答えた棟居は、加奈との間に新しい縁が生まれたような気がした。

「そしてそのときは、私に姉の面影を重ねないでくださいね」

と加奈は言葉を追加した。

出発時、有沢家はどうしても宿泊料を受け取らなかった。

「棟居さんからいただいたら、姉が化けて出ますわ」

と加奈は頑なに固辞した。棟居は当惑したが、せっかくの好意を無にするのもかえって失礼とおもい、いずれ帰京した上でしかるべく礼をしようと、それ以上押さなかった。

加奈は高山駅まで見送ってくれた。ホームに立って手を振りながら見送った加奈の姿が視野から外れたとき、棟居の携帯が鳴った。

「棟居さんか。せっかくのところをすまないが、一九九号（殺人）が発生した。至急帰って来てくれ」

那須警部の声が告げた。

青春の破片探して夕まぐれ
　飛騨高山の旧き街角

無名の歌人が詠んだ歌を反芻(はんすう)した棟居は、二十余年前の追憶の世界から現実に立ち返った。

戦場の音楽祭

列車が韮崎を通過すると、車窓左手に鳳凰三山から甲斐駒ヶ岳へと連なる南アルプス連峰がにわかに迫ってくる。毎年十月初旬、棟居は休暇を取って、中央線の列車に乗り、八ヶ岳山麓に来る。小淵沢から少し入った森の中のホテルで催される音楽祭に出席するためである。

音楽祭は毎年秋の初めに催されるが、棟居は毎回出席できるとは限らない。事件にかかっていれば音楽祭どころか、自宅に帰る間もない。それだけに事件の合間と音楽祭の期日が一致したときは嬉しい。

森の中に中世の山岳都市を模したというホテルは、あたかも古代ローマの街の中に迷い込んだかのような錯覚をおぼえる。そのホテル構内の小さなコンサートホールで、一流の音楽家を招んでコンサートは開かれる。

八ヶ岳の豊かな自然に取り囲まれたホテルは、構内に石畳を敷きつめた街の通りを延ばし、両側に古代都市のような家並みを連ねる。その家並みがホテルの客室になっている。いまにも石畳の上を美々しく着飾った貴人を乗せた馬車が走って来るかのような錯覚を抱く。

そんなタイムスリップしたような環境の中で、香り高い音楽に浸る。それは毎日のように血腥い現場から現場を走りまわっている棟居にとっては、血にまみれた心の洗濯である。

列車が韮崎を出て、日野春、長坂を経て小淵沢に近づくと、甲斐駒ヶ岳の山容が極まる。ピラミダルな山容は南アルプス随一の人気を誇る貫禄充分である。右手には八ヶ岳が長い裾野を引き、南アルプスと競い合っている。

棟居は若き日、視野に入るすべての山を踏破している。それだけに中央線の車窓は彼の青春の風景といってよい。左手に火の見櫓を侍らす街道が走り抜ける牧歌的な集落が見えてくると、小淵沢は近い。音楽祭に行く人が多いらしく、下車の準備を始めている乗客が目立つ。

間もなく滑り込んだ小淵沢駅のホームに降り立った棟居は、大きく息を吸った。空気がうまい。天候に恵まれて、空はあくまでも深く、高い。

ここから八ヶ岳の東麓に沿って小諸まで北上する小海線が分かれる。棟居はこの線もよく利用して、八ヶ岳や秩父に登った。この山域に集中する山からの遠望にこそ、未来の無限の可能性を暗示するような蒼い広がりがある。

都会は人間と人工建造物で混み合っているが、中部山岳地域は山が混み合っている。それもヒマラヤや極地のように、山や凍土だけではなく、無数の町や村が山陰に隠れ、盆地に散在している。

棟居は原初の自然には、自分の未来の可能性を感じないが、人間や街と微妙に入り組んでいる山からの遠望に、自分の未知の可能性が潜んでいるような気がした。そして、その未知を追いながら、いまの自分がいる。

小海線に乗り換える乗客は跨線橋を渡り、小淵沢で下車する客は線路の下を潜る。棟居は、少し前をゆっくりと階段を下りて行く老人と、介助している若い女性の二人連れを見た。老人は八十代前半、女性は二十代半ばと推測される。

少し足許の危ない老人を女性は優しく介助しながら、慎重に階段を下りている。老人は女性に甘えたような口のきき方をしている。女性は親しげではあるが、客を接遇しているような口調である。祖父と孫娘ではないようである。

棟居が二人、特に女性の方に目を止めたのは、彼女がかなりの美形であるからだけではなく、以前、どこかで見かけたような気がしたからである。それもそれほど以前のことではない。この音楽祭で出会ったのではない。だが、咄嗟におもいだせない。老人は初めて見る顔である。

老人はほとんど彼女に頼りきっている。それは孫や介助者に対する甘えではなく、老いらくの恋の対象のように、彼女なくては片時たりとも生きていけないような完全な依存であり、傾倒であった。介助されるふりをしながら、彼女の胸や腰に触れている。いやらしくもあるが、微笑ましくもある。

棟居は階段で手を貸してやろうかとおもったが、老人はそれを邪魔者とおもうにちがいない。棟居は野暮なお節介はしない方がよいと判断した。

二人はもつれ合うようにして、駅前で客待ちをしていたタクシーに乗り込んだ。棟居は行き先が同じなような予感がした。

棟居もその後のタクシーに乗って、行き先を告げた。

「お客さんも音楽祭ですか」

運転手が背中越しに問いかけてきた。棟居が、そうだと答えると、

「今日のお客さんはほとんどリゾですね。前に乗せたお客さん方も、毎年愉しみにし

て来ると言っていましたよ。なんでも世界的な音楽家が集まる音楽祭だと聞きました。私も一度、聴いてみたいとおもっているのですが、ホテルの音楽祭のときは私らのかき入れなのでね」と言った。

リゾとは、ホテルのこの地域での略称のようである。

運転手と言葉を交わしている間に、車は狭い街並みを抜けて、密度の濃い松林の中に入っていた。車は林間のホテルの前に着いた。すでに顔馴染(かおなじみ)になっている社員が、棟居を出迎えた。

たっぷりとスペースを取ったロビーには、先着した客がフロントでチェックインの手続きをしている。棟居は彼らの中に老人と介助女性のカップルを認めて、少しほっとした。なんの関わりもない二人連れであるが、薄い既視感(デジャビュ)のある女性が、しばし俗界を離れたこの森の中の音楽空間を共有すると知って、ほっとしたのである。

チェックインをすませた棟居は、案内を断り、勝手知ったる石畳に面した客室に向かった。中世の山岳都市を模した街並みに、レジデンスと称する客室が軒(のき)を並べている。レジデンスの間から松林越しに甲斐駒が巨大な全容を立ち上げている。複雑な山勢は午後に入りかけた斜光の中に蒼(あお)い影となり、山麓に溶けている。

音楽祭は、午前のチャペルコンサート、第二部が午後、第三部が夜、そして午後十時過ぎにホテルロビーにおけるナイトサロンの四部構成になっていて、文字通り音楽漬けになる。

ナイトサロンではコンサートの後、カジュアルな服装に返った出演者たちを囲み、ドリンクを手にリラックスした雰囲気の中、軽い音楽とユーモラスなトークで秋の夜長を愉しむ。ホールでのコンサートとはまた一味ちがった愉しい音楽空間となる。空間というよりは、血のしぶく現場とはまったく別の宇宙であった。

風がなく、光がみなぎっているのに、客室(レジデンス)の背後に侍(はべ)っている松林に松籟(しょうらい)が聞こえる。

棟居は部屋に入る前に、石畳に面したカフェでの苦いコーヒーを愉しみにしている。棟居の好みをよくおぼえていてくれて、レギュラーのコーヒーよりも濃くして出してくれる。

カフェには先客がいた。彼らは小淵沢駅で一緒になった老人と介助女性である。女性は棟居の顔をおぼえていたらしく、黙礼を送った。

老人は小淵沢のホームで棟居に出会ったことをまったくおぼえていないようであっ

た。おそらく介助の女性だけを見つめていた老人の視野には、棟居は入っていなかったのであろう。

老いらくの恋という言葉を、棟居はおもいだした。老人は介助女性に恋をしている。女性は老人を優しく介助しているが、おそらく仕事としてであろう。仕事が終われば、女性は老人の許から去って、本来の場所に帰って行く。彼女に完全に依存しているような老人は、彼女が去った後の寂しい時間をどのようにして埋めるのであろうか。

棟居は妻子を通り魔に殺害され、恋人を喪失した後の虚無感を想起した。愛（いと）しい者たちを喪失した後の心身の深いダメージをおもうと、ふたたび愛する家族や恋人を持つのが怖い。あのダメージには耐えられない。あの悲しみと喪失をまた味わうくらいであれば、愛する者のいない、ただ独りの暮らしの方がましであると、棟居はおもっている。

老人が、棟居が味わったような喪失感と寂寥（せきりょう）の中に置き去りにされなければよいがともおもった。だが、しょせん、棟居には関わりないことである。

先客二人は棟居を残して、割り振られた（アサイン）レジデンスの方角に立ち去って行った。

その日の午後から夜にかけてのコンサートも素晴らしいものであった。モーツァルト、シューマン、メンデルスゾーンなどを中心としたクラシックは、東京から隔離された森の奥のコンサートにふさわしい音楽の泉で、聴衆を魅了した。

特にオーストリアから招んだ夜の女性ピアニストによるピアノ独奏と、リゾナーレ・フェスティバル・オーケストラのバイオリン、ビオラ、チェロ、オーボエの演奏に棟居は陶然となった。

全身を放散して音楽に浸っていると、半醒半睡の状態となる。夕食時に飲んだワインがきいてきて、あたかも天上から降ってくるような音楽をシャワーのように浴びながら、夢うつつの境界を漂流するのは、まさに豪勢の一語に尽きる時間であった。

どこで読んだ、だれの作品か忘れたが、最も美しい風景を通り抜けて行く車中で眠るのが、あらゆる贅沢の中で最も贅沢であるという文言を読んだ記憶があるが、音楽の洪水のような中を半醒半睡の状態で浮き袋につかまって漂流するような時間と空間こそ、まさにこの世の贅を尽くしたものであった。

午後の部、夜の部共に、老人と介助の女性のカップルは睦まじげに寄り添って会場に現われた。だが、ナイトサロンには二人の姿は見えなかった。かなり高齢と見える老人は疲れたのであろう。あるいは老人が女性と二人だけになりたがったのかもしれない。

棟居は女性が帰去した後の老人が味わうであろう寂しさを忘れて、彼女に介助されて眠る彼の一夜を、ふと羨(うらや)ましくおもった。

森の音楽祭は三日間つづくが、棟居は翌日帰京した。二日の休暇でも音楽祭と併せて取れたのは奇跡に近い。東京に帰れば、また血腥(ちなまぐさ)い現場が待っている。それはべつにいやではない。凄惨であればあるほど、捜査員にとっては「いい現場」なのである。

現場で開く音楽祭。帰りの車中で、ふとあり得そうもないコンサートをふと夢想して、棟居は苦笑した。来年、この時期にふたたび来られるかどうかわからない。むしろ来られない公算の方が大きい。老人と介助女性はたぶん音楽祭の三日間、滞在するのであろう。少なくともその三日間は、老人は寂しいおもいをすることがない。

棟居が帰京するのを待っていたように、事件が発生した。

香り高い音楽漬けになって帰って来た棟居は、早速、血腥い現場で血のにおいを嗅ぐことになった。血のにおいをいいとはおもわないが、べつにいやでもない。現場が棟居が選んだ職場なのである。

被害者は北岡静子(きたおかしずこ)という二十七歳の女性で、世田谷区内のアパートの自室で、紐(ひも)で首を締められて死んでいるのを、たまたま訪ねて来た友人が発見して一一〇番した。

被害者は近所の不動産屋の紹介で、一年前に入居した。ＯＬというふれ込みであったが、生活は不規則で、数日間帰って来ないこともあれば、何日も外に出ないこともあった。女性の友人が月に二、三度訪問して来た。時折、管理人が男の訪問者を見かけたが、その都度別の顔であったという。

第一発見者の女性の友人に事情を聴くと、当初、勤めていた会社が倒産してから、派遣の仕事をしていたという。高校時代のクラスメートであったという友人も、被害者のプライベートな生活についてはあまりよく知らないらしい。

会社の倒産後も収入はあったらしく、家賃、光熱費、その他の滞納はなかった。

現場検証によって、

被害者の抵抗痕跡、および室内の物色痕跡は認められず。被害者と発見者以外の対照可能な指紋は顕出されない。

解剖の結果、死因は紐で首を締められ、気道閉鎖による窒息、すなわち絞殺。

自他殺の別、他殺。

死後経過、解剖時よりさかのぼり二十時間ないし二十四時間、すなわち前日深夜から午前三時にかけてと推定される。

生前情交の痕跡はなし。

薬毒物の服用は認められず。

参考事項として被害者の血液型はＡＢ型と鑑定された。

被害者が深夜、犯人を自室に迎え入れているところから、犯人は顔見知りの者と推定される。

玉川署にアパートＯＬ殺害事件の捜査本部が設置されて、本格的な捜査が始められた。

当初の捜査方針を異性関係のもつれとして、容疑者の絞り込みは時間の問題と見られていたが、犯人に結びつく有力な手がかりも発見されず、捜査は難航した。

　被害者は、一年前まで勤めていた会社が倒産後、新宿・歌舞伎町の「モナリザ」というデートクラブに所属していたことがわかった。

「モナリザ」の店長（マスター）に事情を聴いたところ、

「静子さんはほとんど出勤せず、携帯に電話しても、いつも圏外か留守電になっていて、このところ連絡が取れていませんでした。住所も知りません。私どもでは女の子のプライバシーには一切関与していません。店の外でなにをしていようと、私どもは知りません」

　と言った。

　デートクラブは店で客と女性が意気投合して、店外でなにをしようと関知しないという姿勢である。だが、売春を前提にして客と女性を引き合わせる業者であることは周知の事実である。

　店長を問いつめたところ、北岡静子は店で客と知り合うと、次回からは客と直談（じきだん）（店を通さずに客と直接取引をする）をするので、辞めてもらったということであった。

　女性が客と直談をすると斡旋（あっせん）料が入らなくなるので、この種の店はこれを固く禁じている。直談は店外で行なわれるので、店は女性がどんな客とつき合っているのか把握できなくなる。

北岡静子が直談を始める以前、彼女を指名していた何人かの客をようやく絞り出した捜査本部は、彼らから事情を聴いた。

殺された娼婦との関わりについて捜査員から任意の取り調べを受けた客たちは、震え上がった。彼らはいずれも家庭があり、一応の社会的地位のある者ばかりであった。それがデートクラブの常連であり、女性を買っていたことが表沙汰になれば、家庭騒動のもととなり、社会の信用も失ってしまう。ましてや、関わっていた女性の殺害容疑をかけられたとなれば、せっかく積み上げてきた社会的地位も失ってしまうかもしれない。

ようやく割り出したクラブの常連客も、北岡静子の殺害動機はなく、漂白された。

事件は迷宮入りになるかとおもわれた。

時期を同じくして、独り暮らしの老人を対象とした詐欺が頻発した。

閑をもてあましている老人の家に言葉巧みに上がり込み、介護サービスと称して取り入る。男の老人には美形の若い女性が介護を装いながら色仕掛けで近づき、充分に惹きつけたところで、高価な貴金属や、農場の権利などを売りつけるという手口である。

貴金属も現物を渡すわけではなく、一枚の預かり証を渡し、一年単位で委託運用する。だが、満期になっても契約更新を勧めて、現金、あるいは現物を引き渡さない。

農場は一年の投資で二倍の収穫利益という謳い文句で、農場の株を買わせる。株主は農場の土地を会社が契約したという農家に委託し、期間中の収穫を原資の二倍にして株主に還元するというものである。期間中、農場で採れたという作物、大根やキャベツなどを株主に送ってくるので信用してしまう。だが、満期になっても自動更新されるのみで、利益は一向に返ってこない。

老人たちは、そのころには介護（助）者（おおむね女性）の虜にされており、介護（助）者の歓心を買うために、むしろ自分から買い増しや増資をしたり、自動更新を申し出るようになる。存分に客を吸いつくしたところで、会社は倒産し、老人は置き去りにされる。

倒産前に、介護女性は、「しばらく仕事で海外に出張しますが、必ず帰って来ますから、待っていてくださいね」と言い残して姿を消してしまう。老人は自分が騙されたとはおもわず、おとなしく待っているので、被害が露れない。

犯人たちは新しく会社を立ち上げて、別のカモを狙っている。被害者の大半は、いつかは介護女性が帰って来るものと信じて、膝を抱えて待っている。

待ちきれなくなった被害者が介護女性の会社に連絡を取り、とうに倒産している事実を知って訴え出た。だが、すでに手後れであり、犯人グループは逃走のための時間を充分に稼いでいた。

頻発する老人詐欺に、棟居は注目した。殺害された北岡静子が籍を置いていた倒産した前の会社は、老人介護を主たる営業活動としていた。これまで捜査の方向を被害者の異性関係に向けていたのは、見当ちがいではなかったのか。

寂しさをかこつ独り暮らしの老人につけ込んで入り込み、家庭奉仕を名乗っているが、老人を獲物にした会社に勤めていたとすれば、殺人の動機もそのあたりから発しているのではないのか。

老人家庭奉仕員は学歴、年齢等の制限はなく、資格試験や検定もない。求められる要件は、心身健全であり、老人を理解し、介護の経験と相談に応ずる能力を有することである。実施主体は市町村である。

棟居は早速、被害者の前職場について調べたところ、老人の家庭奉仕を目的とした「二十一世紀ファミリーサービス」と名乗る会社で、業態は漠然としている。一年前に倒産、社長以下、役員、社員は四散している。

同社が入居していた貸しビルのオーナーに聞くと、社長以下、男の社員は数人で、あとは若い容姿のいい女子社員ばかりであったという。

「派手な女性が多く、会社というよりは、なんだかクラブやキャバレーのような雰囲気でしたね」

と大家は言った。

賃貸し(レンタル)料等の滞納はなく、ある日突然、オフィスから人も道具も消えてしまった。レンタル料は前払いされていたので、大家に損害はなかったそうである。わずかなレンタル料から追及されるのを恐れたのかもしれない。当時の社員の消息は不明であり、大家も彼らの行方を知らなかった。

棟居は二十一世紀ファミリーサービスの調査の結果を捜査本部に報告して、捜査方針の方向転換を主張した。

「二十一世紀ファミリーサービスの営業実態は曖昧(あいまい)ですが、北岡静子が、現在頻発(ひんぱつ)している老人詐欺の被害者とつながりがあれば、動機には単なる異性問題ではなく、背後関係があるかもしれません」

棟居の進言は捜査本部に波紋を描いた。

「被害者が一年前に倒産した民間老人サービス会社に勤めていたからといって、動機がそんな古ぼけた職場から発しているとはいえない」

「それに、被害者が民間の老人サービス会社に勤めていたことと、その会社が現在頻発している老人対象詐欺事件と関わりがあるとは限らない」

と反論が出た。

つまり、動機を棟居が示唆する老人対象詐欺事件に結びつけるのは早計ではないかという反駁である。それは棟居が予想していた反駁であった。

「たしかに動機を直ちに老人対象詐欺事件に結びつけるのは早計ではありますが、北岡静子の元職場が、老人サービス会社であった事実は見過ごしにはできないとおもいます。古ぼけた職場ということですが、倒産後、名前を変えて現在も企業活動をつづけているかもしれません。とすれば、倒産後も北岡静子と二十一世紀ファミリーサービスは関係がつづいていた可能性も考えられます。北岡の写真を老人詐欺の被害者に見せて、一人でも反応があれば、背後関係は一挙に煮つまります」

棟居の熱心な主張に、捜査本部の流れが変わってきた。

「棟居さんの言う通りだ。老人詐欺の被害者に北岡静子の写真面通しをしてもらおう」

那須の言葉が結論となった。

早速、北岡静子の写真を老人詐欺の被害者に見てもらったところ、

「この写真の主は和子さんだ。南田和子さんだよ。どこにいるのかね」

と松山進一郎という七十九歳の老人が反応した。

事情をさらに詳しく聴くと、松山は南田和子と名乗る老人奉仕会社の社員と知り合い、彼女に勧められて、老後の貯金のすべてを貴金属や農場の権利に投資したという。三ヵ月ほど前に海外にしばらく社命で出張するが、必ず帰って来るので待っていてほしいと、南田和子は言い残して、姿を消した。

今日帰るか、明日帰るかと首を長くして三ヵ月ほど待ったが、まったく音沙汰がないので、会社に問い合わせたところ、すでに倒産しており、もしや詐欺に引っかかっ

たのではないかとおもい警察に届け出たということである。

松山が南田和子と知り合ったのは半年ほど前であり、彼女が姿を消したのは三ヵ月前であった。

すると、南田和子が勤めていた二十一世紀ファミリーサービスが倒産したのは一年前であるから、その半年後に松山の前に現われたことになる。

南田和子が松山にあたえた名刺には、サンライト奉仕という社名が刷られていた。住所は銀座七丁目のビルにあったが、三ヵ月前に倒産していた。松山はわずか三ヵ月の間に、老後の貯金すべてを南田和子に吸い尽くされてしまったのである。

サンライト奉仕と二十一世紀ファミリーサービスの実体が同じである疑いが濃厚になった。

松山進一郎は北岡静子の写真に対して、南田和子にまちがいないと証言した。北岡静子と南田和子、二つの名前にも類似性がある。偽名や変名を用いる場合、まったく無関係のでたらめな名前をつくるよりは、本名を少し変えるか、有名人の名前に似た名前を用いることが多い。

写真による単独面通し（一枚の写真を見せる）の信憑性は薄いとされるが、松山は南田和子にまちがいないと断言した。信じて投資しただけに、騙されたとわかり、可愛さあまって憎さが百倍というところであろう。老後の貯えを根こそぎ騙し取った女の顔を忘れてなるものかと、言外に語っている。

北岡静子が老人対象詐欺に関わっていた事実が浮かび上がるに及んで、捜査本部は緊張した。OL殺しはにわかに老人詐欺事件との関連疑惑を濃くした。北岡静子は老人詐欺一味グループの秘密を知りすぎたために、口を封じられた可能性が高い。

折も折、一人の若い女性が碑文谷署に保護を求めて駆け込んで来た。女性は若宮映子と名乗り、民間の老人サービス会社の社員であるが、会社の実態が、老人を食いものにする詐欺会社であることがわかって、逃げ出して来たと言った。

警察に駆け込んで来たとき、彼女はひどく怯えていた。対応した永井が詳しく事情を聴くと、

「交通事故に遭った夫が退職を余儀なくされ、長期のリハビリを要し、家計を支えるために夜の店に勤めに出たところ、そこで知り合ったお客から、手っ取り早く金になる仕事があると誘われました。一晩で一ヵ月分ぐらいの収入になるという甘い話につい乗って、ホテルに行きました。そこでお客を取った場面を盗撮されてしまったので

す。言うことを聞かなければ、この写真を夫に見せると脅迫されたのです。仕方なくお年寄りを騙す会社の社員にさせられて、独り暮らしのお金持ちのお年寄りに取り入り、貴金属や、農場や、自動販売機の運用委託権利などを売りつけてきました。

これ以上、お年寄りを騙すのに耐えられなくなって、辞めたいと申し出ますと、おまえは共犯だ、いまさら辞めることは許されない、たとえ逃げても、世界の果てまで追いかけて行くぞと脅されました。同僚の北岡さんが殺されたニュースをテレビで見たとき、会社に殺されたとおもいました。北岡さんもかねてから辞めたいと言っていたのです。私もいずれ北岡さんのように殺されるのではないかとおもうと、怖くなって逃げ出しました。お願いです。助けてください。逃げたことがわかれば、私は必ず殺されます」

と若宮映子は訴えた。

映子を保護した碑文谷署は、捜査本部に連絡してきた。最初、映子に応対した永井が棟居と親しかったので、アパートOL殺害事件の被害者が若宮と同じ会社の社員であったことから、報告してきたのである。

棟居は感謝して、早速、碑文谷署に保護されていた若宮映子に会いに行った。

碑文谷署で永井に引き合わされた若宮映子と顔を合わせた瞬間、棟居はおもわず、あっと声を発した。映子も棟居を見て反応した。

「あなたは昨年の秋、小淵沢の音楽祭で……」

「はい、ご一緒しました。まさかあのときの方が……」

若宮映子は語尾の言葉を呑み込んだ。驚きのあまり言葉がつづかなかったらしい。

彼女は八ヶ岳山麓の森のホテルの音楽祭に、老人を介助して来た女性であった。奇遇であるが、運命の再会でもある。

さらに、小淵沢で出会ったとき、彼女の顔に薄い記憶があったのは、老人奉仕の現場ですれちがったことがあったからかもしれない。

若宮映子の証言によって、老人詐欺グループの全貌が明るみにされた。一味は大がかりな組織的グループで、首魁のもと、幹部数名が貴金属、農場、自動販売機、闇金融、不動産などに分かれて、若い女性社員を手先として使い、裕福な老人をターゲットに色仕掛け、いんちき商法で金品を巻き上げていた。

さらに捜査の鉾先を進めると、北岡静子は幹部の一人の小熊の情婦であったが、ターゲットの老人・松山進一郎と愛し合うようになり、一味の秘密を洩らす虞が生じたので殺害したと、小熊が自供した。

ここに組織的老人詐欺グループの摘発と歩調を合わせて、アパートＯＬ殺害事件は解決した。

一連の事件解決の糸口となった若宮映子は、被害者であると同時に、事情を知りながら老人を騙した共犯者としての罪を免れなかった。

若宮映子が騙した老人は、八ヶ岳に同行した大木義人一人だけではなかった。

映子は一味から脅迫されて、やむを得ず老人を騙した点に情状酌量の余地があったが、彼女自身の生活のために老人から金をもらっていたことが詐欺に該当する可能性がある。また色仕掛けで老人に取り入ったことも、脅迫されてやむを得ざる行為に出ただけとは認められず、本人の意思による行為も含まれていたと解釈された。

いずれにしても、社会的影響の大きな事件の渦中の人物として、おかまいなしというわけにはいかない。

若宮映子は詐欺罪の共犯として訴追され、拘置所に未決勾留された。

この間に例年のリゾナーレ音楽祭がめぐってきた。昨年、若宮映子と共に音楽祭に行った大木義人は、その後、アルツハイマー病が進行していたが、この音楽祭はよくおぼえていて、映子が来年の音楽祭も一緒に行きましょうねと言い残した言葉を信じて、音楽祭の期日をひたすら指折り数えるようにして待っていた。

もはや大木には映子が老人詐欺グループの一味であり、未決勾留されている経緯や事実はわからない。耳に聞こえたとしても理解できない。森の中の音楽祭を中心にして、映子と共に過ごした愉しい時間だけが幻影のように烟っているだけである。

大木の現状を知った棟居は、胸が痛くなった。音楽祭がめぐってきても、映子は大木に同行できない。大木独りで音楽祭に行くことはあり得ない。

大木は急速に自分自身から離れている。大木自身がこれからどこへ行くのか知らない。棟居は、せめて大木がわずかな部分でも、自分を留めている間に、若宮と音楽祭を共有するという夢を叶えてやりたいとおもった。

映子は現在、東京拘置所に未決拘禁中である。音楽祭の期日が迫ってきたとき、棟居は、はたとおもいついた。

刑事訴訟法第九十五条によれば裁判官が適当と認めるときは、決定で（未決）勾留されている被告人を親族、保護団体その他のものに委託し、又は被告人の住所を制限して、勾留の執行を停止することができると規定されている。被告人あるいはその親族が病気になったときや冠婚葬祭に用いられる場合が多い。

大木義人の病状を訴え、せめて最後の夢を叶えてやりたいと願い出れば、あるいは映子の勾留の執行停止は認められるかもしれない。

棟居は早速、那須に相談してみた。

「音楽祭ねえ」

那須は首をかしげた。アルツハイマーの老人に音楽祭に同行させるために、未決勾留中の刑事被告人の執行停止を願い出るのは前代未聞であろう。

那須は自信なさそうであったが、

「武士の情け、いや、お上にも情けはあるかもしれない」

と言った。


若宮映子の、音楽祭の期間中、執行停止は認められた。棟居は護衛と監視役を兼ねて、大木と映子に期間中、同行することになった。だめもとで願い出たことが許されて、棟居は改めて、「お上にも情けはある」と言った那須の言葉を嚙みしめた。

昨年の音楽祭では、大木と映子に小淵沢の駅で出会ったが、今回は拘置所の門から映子に同行することになった。大木は永井がエスコートして、一行四人は新宿駅で合流した。

昨年同様天候に恵まれ、小淵沢に近づくにつれ、甲斐駒ヶ岳が全容を現わして、一行を出迎えてくれた。

大木はアルツハイマー病が進行している病人とはおもえないほど矍鑠(かくしゃく)としており、言葉遣いも尋常であった。だが、この一年の間に映子がどこに行き、なにをしていたか理解していない。記憶というよりは、人生の一部が欠落している。

今年の音楽祭に出演するアーティストたちも、昨年に勝るとも劣らぬ豪華メンバーであった。プログラムも午前のチャペルコンサートから始まり、午後の部、夜の部、ナイトサロンと盛りだくさんである。

今年はなんと大木はナイトサロンにまで映子と共に姿を見せた。グラスを片手に、ナイトサロンのトークやアトラクションを愉しんでいる二人の姿は、一見、仲のよい父娘、いや、祖父と孫のようでもあった。

音楽祭が終われば、二人は別れる。大木は自分自身からますます離脱し、映子は拘置所に帰って行く。いまのこの時間こそ、二人にとっては永遠であった。

三日目、最後の夜、棟居はナイトサロンに身を置いて、仲睦まじげに寄り添って音楽に浸っている大木と映子を視野に入れながら、ふと遠い以前に見たある映画を想起した。

それは「戦場の音楽祭」という映画である。詳しいストーリーは記憶に霞んでいるが、認知症になった老女が、年一回、市内で催される市民音楽祭をとても愉しみにしていた。

ところが戦争が勃発し、その市は戦場になった。アーティストの市民たちも戦場に駆り出された。だが、老女は市が戦場になったことを理解できず、例年期日通り音楽祭が開かれるものと信じて、愉しみにしていた。

老女は音楽祭の当日は盛装をして、常客となっているタクシーに、会場に送迎してもらう。そのタクシーの運転手も戦場に召集されていた。だが、老女には戦争そのものがわからない。町はいつもと同じような平和な中にあるとおもい込んでいる。

老女の話を耳にした市長は、老い先短い老女の愉しみを、愚かな戦争のために奪ってはならぬと同情して、敵軍の司令官に事情を話し、音楽祭のための一時の休戦を提案した。敵軍の司令官も話のわかる人物で、ここに一時の音楽休戦は成立した。

急遽、戦場からアーティストたちとタクシーの運転手が呼び返された。市の中央の音楽ホールで、平和時と同じような音楽祭が開かれた。老女の家には帽子を被り、制服を着た運転手が迎えに来た。老女は昨年と同じ年中行事の音楽祭とおもい込み、盛装して、上機嫌でタクシーに乗り込んだ。

戦場の真っ只中、老女を中心に市民を集めて音楽祭は盛大に開かれた。老女は音楽に浸り、満足してタクシーに送られて帰宅して行く。老女は、その音楽祭が戦場の真っ只中に「つくられた音楽祭」であることを知らない。つくられてはいたが、音楽そのものは真実であった。休戦が終われば、またドンパチ始まるのである。

だが、観客たちは知っている。その音楽祭は映画の中の場面であり、ホールを囲む戦場と戦争がつくられたものであり、老女や、アーティストや、タクシー運転手たちも俳優であることを。そして、つくられた戦場の外側を平和が取り巻いていることを。

それでいながら、観客が感動したのは、戦場の中央で一老女のために音楽祭を開いた人間の優しさと、戦場で音楽祭を開く同じ人間が戦争する愚かしさの落差が、観客たちの心の琴線（きんせん）に触れたからである。

病状が進行している大木のために、拘置所から執行停止されて来た映子が寄り添って、音楽祭に参加している。音楽祭の期限が切れれば、大木は進行している病気の、映子は拘置所の囚人として相別れなければならない。

この音楽祭は二人のための休戦地帯である。それでも大木にとっては一期の想い出となるであろう。その想い出すら自分から離れていく。そして、映子が罪を清算するころは、大木はすでに大木ではなくなっているであろう。明日が保証されない戦場の音楽祭。そのようないまのいまこそ、永遠として二人は愉しんでいるようであった。

幻影と知れど一期の音楽祭
相い別れなば再会うこともなし

異国の風

北村直樹(きたむらなおき)は起き抜けに、生ロイヤルゼリーを大さじ一杯、胃の腑に放り込むと、近所の行きつけの喫茶店(カフェ)に直行する。開店と同時に一番乗りである。

奥の窓際の席、そこは彼の指定席である。朝寝坊して少し遅れても、指定席は店が確保しておいてくれる。街角にはまだ朝靄(あさもや)がたゆたっている。北村につづいて入って来る客はほとんど常連で、身体に朝靄がまとわりついているように見える。

北村は特に早朝の喫茶店の雰囲気が好きである。他の店は太陽の位置が高くなってから店開きするので、風景が面白くない。

朝は書斎よりも喫茶店のほうが集中に向いている。まず窓から眺める街の風景が面白い。駅に急ぐサラリーマンやＯＬ、若い女や男は必ず北村が陣取っている窓のほうに目を向ける。北村を見ているわけではない。ガラスに映る自分自身を、姿見を見るように見ているのである。

登校する生徒や学生、幼い子を幼稚園まで送って行く母親、携帯で話しながら小走りに行くリクルート服の女性、高齢化社会を象徴するように杖をひいている老人の姿も少なくない。その間を自転車が走り抜けて行く。雨の日は色とりどりの傘が街角を彩る。

早朝の時間帯の客はほとんど常連のサラリーマンやＯＬである。彼らは慌しくモーニングサービスをコーヒーで胃の腑に流し込んで行く。悠然と新聞を読んでいる者は、たいていリタイアして毎日が日曜日組である。

九時を過ぎると店内は落ち着きを取り戻す。常連がそれぞれの位置におさまっている。慌しかった空気が適度に動いている。空気が澱んでいるよりも、少し動いているほうが仕事に集中しやすい。しんと静まりかえっているよりも、自分に関係のない騒音が少しあったほうがよい。

自宅の書斎では空気は澱みきっており、風景は固定している。自分に関係のある騒音や会話が耳に入ってくる。猫が遊びに来たりすると、もはや仕事に集中できなくなる。

朝の一時間から一時間半、喫茶店で消化する軽い仕事は、難しい仕事のための道を開いてくれるようである。総力をあげて格闘しなければならないような仕事は、喫茶店では無理であるが、エンジンの暖気運転のように、軽い補助的な仕事はカフェが向いている。そのために北村はカフェ用の仕事は書斎ではせずに保っておく。

最近、行きつけの店に新たな愉しみが加わった。コーヒーもうまいが、常連たちが詠んだ俳句を、店の壁に掲示するようになってから、通りすがりの客までが投句するようになって、壁を飾るようになった。

四季折々、多様な人生模様を詠い込んだ短冊が壁面を埋めている。作者名が書いてある句もあれば、不明の句もある。老若男女、常連はもとより、行きずりの街角に見つけた店にふと立ち寄ったような人々までが残して行った句片に、一人一人の人生の破片がこぼれ落ちている。巧拙の差はあっても、それぞれに面白い。

北村は仕事に疲れた目を壁に並んだ句叢に泳がせる。こんな句があった。

客去りて花びら残る席を取り

マスターも「詠み人知らず」の投句だと言った。

花の季節、満開の花の下を歩いて来た客が身につけてきた花びらを席に残して行ったのであろう。おそらくその客は若い女性であろうと、北村は推測する。彼女が立ち去った後の席に一ひらの花びらが残されていた。後から来た客が早速、その花びらがある席に坐った。そんな情景が北村の目に浮かび、心が和んだ。

またこんな句もあった。

　朝靄をまといて坐るカフェの客

その句を発見したとき、北村は自分をモデルにしたのではないかとおもった。朝靄の立つ季節、北村は開いたばかりの店に一番乗りするとき、衣服に朝靄がまとわりついているような気がする。後続の客にも同じような印象を持つ。まだ俳句に凝縮していなかった句境を、他の客に先取りされてしまったような気がした。

壁面（スペース）に限りがあるので、短冊は交替する。だが、花びらと朝靄の句は人気が高いらしく、同じ位置におさまっていた。

「先生も投句してください」

北村も店主（マスター）から頼まれた。

「いや、私の俳句は他人さまに見せられるようなものではありませんよ」

北村は辞退した。

「ご謙遜でしょう。先生の俳句を時どき御作品の中にお見かけします。もっともプロの作家に、こんな店に投句してくださいとねだるのは厚かましすぎますね」

「いやいや、傑作ばかり並んでいるので、へたな句はつくれなくなってしまうのです」

半ば本音である。小説作家は文章の拡大には慣れているが、凝縮は苦手である。そのせいか、作家の俳句はあまりうまくない。

店長とそんな言葉を交わした数日後の朝、北村は壁に掲示されていた新しい短冊に目を止めた。短冊には、

染まる風ふと見上ぐれば最上川

という句が書かれている。北村はその句に既視感をおぼえた。

彼はこの冬、芭蕉の足跡を追って最上川に旅をした。芭蕉が最上川を下ったのは旧

暦六月初めの夏季であったが、北村は芭蕉が見なかった最上川の冬景色を見たいとおもいたち、同地を訪れた。

芭蕉が最初「五月雨をあつめて涼し」と詠んだ最上川はいま冬の最中にあり、古口から船に乗り込んだときは、視界数メートルの猛風雪に取り巻かれた。こんな吹雪の日に船が出るのかと危ぶみながら乗り込んだ船内は、炬燵を囲んで、暖かく暖房されていた。左右舷側の展望窓は降りしきる密度濃い雪時雨に視界が閉ざされていた。乗り込んで来る観光客はいずれも雪まみれである。

間もなく古口を出船して、最上川を下り始める。窓の外は相変わらずの猛風雪に烟っていたが、雪に覆われた両岸が雪時雨のかなたに隠見するようになった。川幅が狭くなったようである。

芭蕉が「左右山覆ひ、茂みの中に船を下す」と記述した界隈にさしかかっているらしい。おそらくむせ返るばかりの緑に包まれて、梅雨で増水した川を下って行ったのであろう。芭蕉はその感慨を、「涼し」から「早し」に書き替えたのである。

船外には風雪が荒れ狂っているが、船中では炬燵に足を入れ、地酒を酌み交わしながら熱い鍋を突っつく。脱サラをしたという船頭が名調子で「最上川舟唄」を歌った。

北村は五月雨を集めた最上川よりも、風雪の間から覗く満目雪化粧を施した最上川のほうが迫力があるようにおもった。

雪見船というよりは、雪中船であり、蟬時雨を聞くかわりに、雪時雨の中を下って行く。最上川の船頭らしく、俳句をたしなむ船頭が自作の句を披露した。

厳冬をふと見上ぐれば最上川

船客から拍手が起きた。北村もいい句だとおもった。

芭蕉の句は最上川の代表句となっているが、最上川に生きる人々の暮らしがない。いま船頭が披露した句には、そこに生きる人間の日々の生活が詠み込まれている。

新しい短冊に書かれた句に、北村が既視感をおぼえたのは、冬の最上川を詠んだ船頭の句とオーバーラップしたからである。船頭の句は厳冬であるが、カフェの客の句は、「染まる風」から推測して新緑の季節である。

北村はそのとき、もしかするとこの作者は船頭の句を踏まえて、この句を起こしたのかもしれないとおもった。もしそうであれば、作者も最上川に行き、船頭から「厳冬」の句を披露されたのであろう。たまたまその時期が新緑の季節であったので、「厳冬」を「染まる風」に置き換えたのではないのか。

　俳句はたった十七音であるので、類句が多い。だが、この両句には類句以上の相似性が感じられる。

「ふと見上ぐれば」という表現は、一過性の観光客がおもいつくような言葉ではないような気がした。観光客であれば、ふと見上げるのではなく、珍しがって見物している。新緑に染まった風が川面を吹き抜けていく情景は、観光客であれば、ふと見上げるものではなく、鼻唄気分で見物している。船頭が歌う舟唄に手拍子を打っていたかもしれない。

　それに船頭の「厳冬」は季語としては動かせない。「五月雨」や「新緑」では船頭の句のような厳しさも、暮らしも出てこない。出てこないからこそ、観光客の俳句ではないのかともおもった。

「先生、その句がお気に入られたようですね」

　とマスターが声をかけてきた。

「いい句だね。この作者はだれですか。作者名が書いてない」

北村は問い返した。

「藤木さんですよ。東北の旅行に出かけて、最上川で詠んだそうです」

とマスターは答えた。

藤木は時どき店で顔を合わせる常連の一人である。もの静かな客で、北村と同じ苦み系のコーヒーをオーダーすると、英字新聞を取りだしてゆっくりと読む。五十代後半のようであるが、すでにリタイアしているのかもしれない。言葉を交わしたことはないが、顔を合わせれば会釈を交わす程度の仲である。

もっともカフェの常連は酒場のように溶け合うことはなく、たがいに一定の節度ある距離を保っている。マスターも、元教職と噂に聞いているだけで、詳しいことは知らないようである。

新しい客が入って来て、マスターとの俳句についての会話はそれまで止まりに終わった。

その後間もなく、北村はマスターから藤木の訃報を聞いた。藤木はがんを患い、医師から余命数ヵ月と宣告されていたそうである。最上川に旅したのも、「最後の旅」と覚悟していたのであろう。

訃報を踏まえて改めて「染まる風――」を見つめると、作者の覚悟が感じられるようである。船頭は暮らしを凝縮していたが、藤木は染まる風の行方に自分の余命を凝縮していたのかもしれない。

それから約半年後、二十代後半から三十前後と見える都会的な容姿の女性が壁に向かって席を占め、「最上川」の句に視線を固定していた。表情に陰翳が濃い。

カフェやレストランでカップルやグループが差し向かいに坐るとき以外は、一人で壁に向かって坐る客は少ない。彼女は連れもいないのに、壁に向かって席を占め、まばたきもしないように熱心に「染まる風」の句を見つめている。よほど気に入ったのか、あるいはその句となんらかの関わりがあるのか。北村は視野の隅に彼女を入れて、さりげなく観察していた。

そのときマスターがそっと近づいて来て、

「あの女性が『花びら』のお客さんですよ」

と北村の耳にささやいた。北村は瞬時に悟った。花の下を歩いて来て、降りかかる花弁を身につけて席に残して行った客であろう。その彼女が藤木の句に視線を固定したまま離さない。北村はその句と彼女、いや、その作者である藤木と彼女の間になんらかのつながりがあったのであろうと推測した。

北村は彼女の頬が濡れていることに気づいた。カフェの壁に貼られている俳句に視線を釘付けにしたまま、忍び泣いている女性と、その作者の関係は尋常ではなさそうである。北村は好奇心を抑えられなくなった。店内に他の客の影は少ない。

女性がそっと頬を拭い、感情を抑制したころを見計らって、北村はおそるおそる声をかけた。

「突然の不躾、お許しください。申し遅れましたが、実は私はその俳句の作者の藤木さんとは生前親しくご厚誼いただいた北村と申します。その句にご興味がおありのようですね。私はこういう者でございます」

と北村は名刺を差し出した。

「北村直樹先生でいらっしゃいますか。ご本は読ませていただいております」

不審顔であった女性は、北村の素性を知って構えを解いたようである。

「藤木さんが亡くなられたことはご存じですか」

どうやら会話が成立して、北村は一歩踏み込んだ。

「はい。亡くなられた後、知りました」

「私もこのお店のマスターから聞いて知りました。実は藤木さんともこの店で知り合ったのです」

「さようでしたか。実は私、藤木さんに命を救われたのです。あ、申し遅れましたが、私はこういう者でございます」

　返された名刺には、久永潤子、肩書には春本クリエイトと刷られている。なにかのプロダクションのような会社らしい。都会的な顔だちと服装や、身にまとう抑制された華やかな雰囲気が、それとなくその素性を語っている。

「命を救われたとおっしゃいますと……」

「私、事情がありまして、死に場所を探しに行った旅先で、藤木さんと出会いました。そしてなんとなく連れ立った形で旅をつづけている間に、死ぬ気を失ってしまったのです」

「藤木さんに死出の旅路であることを告げられたのですか」

「いいえ。でも、私の様子から藤木さんは察したようでした」

「そして、藤木さんから諫止されたのですか」

「いいえ。藤木さんはそのようなことは一言もおっしゃいませんでした。ただ、藤木さんの旅のすべてを愉しまれているようなお姿を見て、死ぬのがばかばかしくなってしまったのです。旅先の美しい風景を一緒に眺めながら、藤木さんは、どんな人生でもかけがえのない貴重な試みだとおっしゃっていました。そして、この句を即興的に詠まれたのです」

「起句した場所は最上川ですね。そのときは冬の最中ではありませんでしたか」

「どうしてそのことをご存じなのですか」

潤子が驚いたような顔を向けた。

「船頭が俳句を披露しませんでしたか。『厳冬をふと見上ぐれば最上川』」

「そうです。ちょうど最上川が吹雪(ふぶ)いていて、船からはほとんどなにも見えませんでした。でも、船頭さんが披露した句が船客にうけて、乗り合わせた人たちが我も我もと俳句を詠み、即席の句会のようになりました。その中で藤木さんが船頭さんの句を踏まえて、『染まる風ふと見上ぐれば最上川』と詠まれたのです。

そして、いま満目蕭条(しょうじょう)として雪景色ですが、間もなく雪時雨は花吹雪にかわり、川面を花いかだが流れ、新緑の季節には風が染まっているでしょうと解説されました。その言葉が私の旅の目的を察知されて、人生、いまは冬でもやがて花が咲き、風が染まると、それとなく諭されているように聞こえたのです。

　船頭さんの類句ではありましたが、私には藤木さんの句が、せっかくの一度限りの試みを無駄にしてはならないと諭す天の啓示のように聞こえました。

　そのときは存じませんでしたが、藤木さんはがんを患い、余命数ヵ月と宣告されていたと後で知りました。数ヵ月の余命を煮つめて最上川の旅をされていたのだとおもいます」

　と久永潤子は語った。

「お別れするとき、藤木さんは、実は私と出会ったのは二度目だと打ち明けられました。私は気がつかなかったのですが、藤木さんはおぼえていたそうです」

「最初はどこで出会われたのですか」

「このお店だそうです。仕事の関係でこの近くに来たとき立ち寄ったのです。そのとき藤木さんがお店に居合わせたそうです。私はそのことに気がつかず、お店を立ち去った後、私の坐っていた席に、たぶん私が身につけていた花びらが落ちていたのを見つけて、藤木さんが移り坐ったとおっしゃっていました。壁に掛けられている『花びら残る席を取り』の句はそのとき詠んだそうです」

「そうでしたか。この句の作者は藤木さんだったのですか」

マスターは詠み人知らずの投句だと言っていたが、藤木が作者であったのである。藤木は久永潤子が店に立ち寄ったとき居合わせていた。そして、彼女が運んで来た花びらの残る席に移ったのである。花びらのある席に移る。いかにも藤木らしいとおもった。

久永潤子は北村と言葉を交わしている間に、悲しみが鎮まったとみえて、平常の表情に戻っていた。

彼女がどんな事情から死出（しで）の旅路に出たのか、それは北村にとって関わりないことである。だが、街角のカフェの席に残された一弁の花びらが縁となって、旅先で再会した男女のそれぞれの運命を、北村は重く受け取った。

もし女が最上川で男に出会わなかったならば、帰って来なかったかもしれない。もしかすると、男は限られた余命を女に委託するような気持ちで諭したのかもしれない。まさに人生の断片、それもかなり重要な断片がカフェの壁面を埋めている。

北村は久永潤子から聞いた話を、句友の棟居（むねすえ）に伝えた。棟居は捜査一課の刑事である。彼は俳句をたしなみ、俳句を詠むことによって、凶悪な犯罪現場の血にまみれた心身を禊いでいるようであった。

「死刑囚がよく美しい歌を詠むでしょう。彼らは心身をまぶした被害者の血を歌によって禊いでいるのかもしれません」

と棟居は言った。

「棟居さんはどうして歌ではなく、俳句なのですか」

北村は問うた。

「俳句のほうが歌より短く、より凝縮されています。現場には被害者と加害者の人生が凝縮されています。犯人は被害者の血を浴びていますが、刑事は被害者、犯人、双方の血をまぶしています。仮に犯人の身体が血を流していなくとも、人間である限り心から血を出しています。つまり、犯人の二倍、凝縮しなければなりません。俳句のほうが刑事に向いています」

と棟居は答えた。

「なるほど。二倍の凝縮ですか」

人間の血の一滴もないような冷血無惨な犯人でも、心から出血しているという棟居の言葉は、刑事でなければ出てこない言葉である。

棟居は北村の話に興味を持ったようであった。

「その久永潤子さんという女性がカフェに花びらを遺留したという日は、当然、桜が咲き揃っていたころでしょうね」

棟居は言った。

「その店の近くにけっこうな桜並木があります。たしかその年の開花時は例年より少し早く、三月の末ごろが満開でした」

北村は記憶をたぐった。

「先生の行きつけのそのお店は、お住まいの近くですね」

「そうです。家から歩いて五、六分の距離です」

「店までの途上、桜並木の下を歩かれるのですね」

「自転車で行くことが多いですね」

坂が多いので、わずかな距離でも自転車で上下するとよい運動になる。運動不足に陥りやすい仕事の身には、起伏の多いサイクリングは適度に呼吸の弾む効率のよい運動となる。

「花びらの遺留客がカフェに立ち寄った正確な日時はわかりませんか」

棟居の目が少し光ったように見えた。

「店主に聞けばわかるかもしれません」

北村はそのとき、「花びらの遺留客」と、いかにも棟居の職業を推測させるような言葉に、彼が久永潤子に職業的な関心を持ったような気がした。だが、潤子が棟居の職業意識にどんな関わりがあるのか。北村も職業的な好奇心をおぼえた。

北村は早速、当時の桜が開花した時期、この界隈で発生した事件を調べてみた。たしかそのころ、北村の住所から程遠くないマンションで殺人事件があったことを記憶している。被害者は暴力団の構成員で、警察は組織の抗争による背後関係を疑って捜査を進めていると報道されていた。その後、事件は迷宮入りになり、犯人が捕まったという話は聞いていない。

北村は改めてその事件の報道を調べてみた。被害者の名前は間宮昇（まみやのぼる）、当時三十二歳。暴力団の偽装会社（フロント）である市中金融業を経営している。都に貸金業の登録をしているが、実態は違法金利で金を貸している闇金融業者である。

金を貸した客から搾（しぼ）れるだけ搾り取り、暴力団の資金源（しのぎ）になっている。住居にしているマンションをそのまま営業オフィスにしており、数人の従業員を使っている。自宅のリビング兼応接を兼ねた部屋の床に倒れ、死因は後頭部打撃に基づく脳挫傷。凶器に使われたブロンズの置物は現場に放置されていた。死体の発見者は当日朝、出勤して来た従業員の一人である。

警察は被害者が最近、客から吸い上げた利益金額を偽り、上納金をごまかしていたことから、金主に睨まれていたという証言に基づき、上部暴力団の背後関係を洗っていた。

だが、犯人に結びつく目ぼしい資料は得られず、事件は迷宮入りになった。

事件と捜査の概略を調べた北村は、カフェのマスターに久永潤子が初めて店に現われた日を確認した。店主はすでに棟居から問い合わせを受け、メモや投句の記録を調べて、その日が三月二十×日であったことを確認していた。

北村は次の句会で棟居に会ったとき、

「藤木さんがカフェで久永潤子さんと遭遇した日の当夜、近所に住む間宮昇という市中金融業者が殺害されていますが、棟居さんは、久永潤子さんと間宮氏の殺害事件が関わりがあると考えたのではありませんか」

と問うた。

「現場に桜の花びらが落ちていたのです。従業員の証言によると、推定犯行時間前、被害者は外出していません。花びらは犯人の遺留したものであるかもしれないとおもったのです」

「なるほど。しかし、桜の花びらなんて、花季には無数に飛んでいます。発見した従業員、あるいは現場に出入りした捜査員が身につけて来たかもしれません。さらに窓やドアの隙間から花びらが迷い込んだかもしれませんよ」

「そうです。満開時には花びらは無数に飛びます。花吹雪の中の二弁が犯人の身体について、現場とカフェの席に運ばれたと考えるのは乱暴ですね」

棟居は素直に認めた。

「しかし、私が興味を持ったのは、現場とカフェの席にあった花びらからだけではありません」

棟居は補足した。

「というと……」

「見過ごしていましたが、間宮氏は俳句の趣味があり、蚊遣火（かやりび）という俳句結社の同人でもありました。これが彼が所属していた結社の同人句集です」

と言って、棟居は一冊の句集のあるページを開いて差し出した。

ページの中の一句にしるしがついている。「染まる風ふと見上ぐれば花の下　昇」

とある。

「これは……」

北村は凝然（ぎょうぜん）として後の言葉がつづかない。藤木の句は「最上川」の船頭の句を踏まえたのではなく、間宮の作品の影響を受けていたのか。

「彼が俳句結社の同人……」

「はい、私が現場で浴びた血を俳句で禊ぎ落としていたように、間宮氏も俳句で汚い金に汚れた心身を洗っていたようです。彼にとっては銭洗いの俳句だったのですね」

「銭洗いの俳句……ですか」

「そして、藤木氏も蚊遣火の同人でしたよ」

突然、久永潤子と間宮の間に登場してきた藤木に、北村は面食らった。

「藤木氏は『最上川』の船頭の句を踏まえたのではなく、間宮氏の句の影響を受けて『染まる風ふと見上ぐれば最上川』を詠んだのかもしれません。藤木氏は正義感の強い男でした。間宮氏と藤木氏の間には、同じ俳句結社の同人という以外に、なんの利害関係もありませんでした。家族や親しい人間が間宮氏の獲物にされたわけでもありません。しかし、間宮氏の、債務者から吸えるだけ吸い取る吸血鬼のような所業に、我慢ならなくなったのでしょう。

　藤木氏は医者から余命数ヵ月と宣告されたとき、自分の残り少ない寿命を使って、間宮氏をこの世から消してやろうと決意したようです。こうして三月二十×日の夜、借金の申し込みを偽装して間宮氏のマンションを訪れ、天誅を加えるような意識で間宮氏を殺害したのでしょう。

　久永潤子さんは間宮氏と特定の関係にあったようです」

　棟居は補足するように言った。

「すると、久永さんが疑われていると……」

「異性関係を疑うのは捜査の常套です。しかし、当初の捜査では久永さんは浮上しませんでした。先生のお話を聞いて、久永さんに焦点を絞って調べたところ、間宮氏との関係が浮かんできたのです」

「すると、久永さんが死に場所を探して最上川に行ったのは、間宮氏との関係から発しているというわけですね」

「その可能性は高いです。しかし、藤木氏が間宮氏と同じ俳句結社に属しており、自分の余命が幾ばくもないと知って、死出の道連れに間宮氏を殺害した容疑は濃厚です。久永さんは間宮氏のマンションに行く前に、カフェに立ち寄り、花びらを遺留したのです。間宮氏のマンションで共に数時間過ごしてから、彼女が帰ったときは、間宮氏はまだ生きていました。久永さんが立ち去った後に藤木氏が来て、間宮氏を殺害したと推測されます。現場に遺留されていた花びらは、久永さんか、あるいは藤木氏の身体について運ばれて来たものでしょう」

「それでは、藤木氏が犯人と確定されたわけではありませんね」

「動かぬ証拠はありません。凶器にも指紋は残されていませんでした。解剖による死亡推定時間は、当夜深夜から約二時間とされています。藤木氏本人から当夜のアリバイを確かめることはできなくなりましたが、久永さんは当夜午後十一時過ぎに自宅に帰って来たところを近所の人に目撃されています」

「久永さんにはアリバイがあるのですね」

北村は棟居の言葉にほっとした。彼女を犯人にしたくないという心理が働いている。

「藤木氏が犯人であるとしても、あの世まで追いかけて行くことはできませんよ」

棟居が一件落着と言うように笑った。

ふたたび春がめぐってきた。その後、カフェで久永潤子を見かけたことはない。壁面に貼られている俳句も、おおかた交替している。常連の顔もかなり変わってきている。だが、藤木の「染まる風——」「花びら——」の二句は依然として壁の同じ位置を占めている。マスターはこの二句を気に入っているらしい。

北村は「花びら」が〝遺留〟されている席を探したが、ない。降りかかる花吹雪の中を歩いて来ても、身につけてカフェまで運ばれて来る確率は低いのであろう。

桜の花季は短く、一夜の雨に葉桜となってしまった。桜が散った後、八重桜が咲き揃った。こちらのほうは花季も長く、花色も濃厚である。

ある朝、少し寝坊してカフェに行くと、マスターが待ちかねていたように、

「つい少し前まで久永さんが先生をお待ちしていましたよ。なんでも外国に移住されるそうで、飛行機の時間に間に合わなくなるからとおっしゃって、先生にくれぐれもよろしくとのことでした」

マスターは言って、北村の指定席を指さした。そこに八重桜の花びらが一片残されていた。

「久永さんが持って来て、先生にと席に残して行ったのです。お会いできなかったのがとても残念そうでした」

とマスター自身が残念そうに言った。

北村は潤子が残して行ったという八重桜の花びらをつまみ上げながら、外国に移住するという彼女を囲む未知の風景を想像した。

おそらく彼女は北村に会うことよりも、藤木の遺句「染まる風――」に別れを告げにきたのであろう。藤木に救われた命の未来を、外国に託そうとして移住するのかもしれない。あるいは新しい恋が生まれて、恋人に従いて行くのであろうか。

彼女が次に見上げる「染まる風」は、異国の風である。その風が悪い風ではないように、北村は祈った。

ふと、北村の意識をかすめた発想があった。もしかしたら、棟居は、藤木に救われたという久永潤子の命を庇ったのではあるまいか。藤木は当時、余命数ヵ月と宣告されていた。あの世まで追いかけては行けないと棟居は苦笑したが、追跡不能となった藤木に潤子が犯した罪を預託したのではあるまいか。

潤子には十分に立ち直れる未来がある。死者はなにも語らないが、藤木が無実であったとしても、余命わずかな身に潤子の罪をあの世に背負って行ければ、喜んで肩代わりするであろう。一種の廃物利用といえる。

そのことによって一人の人間の人生を救い、立ち直らせられれば、もはや廃物ではない。最上川で潤子と出会い、彼女の旅の目的を察知して諫止したのも、そのような意識があったからかもしれない。

間宮が花の下で詠んだ「染まる風」は悪い風であった。藤木はそれをよい風に染め替えて、潤子をそれとなく諫(いさ)めた。間宮は世に仇なす害虫であった。彼が生きていれば新たな被害者が増えるだけである。

事件は迷宮入りになり、犯人に結びつく証拠はない。悔い改め、立ち直ろうとしている一人の将来ある女性を、疑いだけで、その人生を拘束してはなるまい。このように判断した棟居は、自分の胸三寸に畳み込んだのではあるまいか。

あくまでも北村の憶測にすぎない。北村は改めて潤子が残して行った八重桜の花びらを見つめた。その濃紅色の花びらに潤子の謝意が込められているような気がした。

潤子は棟居に会っているであろうか。もし会っていれば、その謝意を花びらに込めて、北村に託したかもしれない。

潤子はきっと移り行く異国で、新たな可能性の花を咲かせるであろう。そして、そのことが藤木や棟居に対する最大の報恩となるのである。もしも北村の推測が当たっていればであるが。

北村は、ふと見上げた染まる風のかなたに、潤子が飛び立って行った異国の匂いを嗅いだような気がした。

迷惑屋

世の中には他人に迷惑をかけることをなんともおもわない人間も少なくない。迷惑をかけることに快感をおぼえる人もいる。そんな人物が近所に住んでいたらたまらない。

生まれたときから、いや、先祖累代にわたって住み着いている地方の村や町とちがい、特に大都会の新興住宅街やアパート、マンションなどの合同住宅には、四方八方から多種多様な人間が集まって来るので、迷惑人間と隣り合わせになる危険性も高くなる。

仕事の都合や健康、子供の教育、戦争や災害、あるいは地方を食いつめたり、やむを得ざる事由などによって、大都会に雑多な人間が流入して来る。

彼らは移転して来た、あるいは流れ着いた土地に地元の住人のような愛着がない。転勤ごとに移動して行く一過性の住人も多い。まさに「隣はなにをする人ぞ」の図式が、大都会に蝟集した人々の関係とはいえないような人間関係である。

隣人にほとんど関心がない。隣人が新幹線やホテルで隣り合った行きずりの人ぐらいにしか意識されない。

冷たい人間関係であるが、地方の町や村のように、箸の上げ下げまで見張られている息苦しさはない。だれがなにをしようとほとんど関心がない、クールで自由な人間関係である。

街角ですれちがった人に会釈された。顔に薄い記憶があるようであるが、おもいだせない。

「ワンちゃん、お元気ですか」

と声をかけられ、犬の散歩中よく出会う人であることをおもいだす。犬のほうに意識が集まっていて、飼い主の印象が薄いのである。相手が自分の顔をおぼえていてくれたことに感謝すべきであろう。

今日では、必ずしも大都会だけではなく、地方でも見かけられる場面になった。

高速度交通機関の驚異的な発達によって、人間は驚くべき速度で移動できるようになった。そのおかげで一定の場所に根を生やしにくくなっている。

しんとして静まり返った秋の奥、落葉焚く香ばしい香りに包まれた隣家の主は、いかにも風趣に富んだ謎があるが、街で出会っても顔をおもいだせない壁一つ隣の隣人は不気味である。

本来は幸せと便利さを求めてそれぞれの能力を役立て合うために集まった人々が、集まりすぎて迷惑をかけ合う。

あまりにも多数の人間が集まったために、人間の海の中に溺（おぼ）れかけて人間性が希薄になってしまう。平和な街角が、無表情な家の塀や、規格的な窓が並ぶ人間砂漠の風景となってしまう。

東京の私鉄沿線のある町内に、古ぼけたアパートがある。まだ消防署から立ち退き勧告を受けていないが、いつあっても不思議はない、いまどき珍しいガス、水道、トイレット等共用の単室で構成されているモルタル造りの老朽アパートである。

それでも家賃が安く、交通の便がよいので、住人たちの交替は遅い。

だが、このアパートには老朽化以外の悩みの種があった。

遅い夕食をすませ、長尺もののテレビドラマもようやく終わって、そろそろ寝室に移ろうとしかけたとき、凄まじい轟音が炸裂して、近隣の住人たちは仰天した。

「また、始まった」

「なんとかならないものかね」

住人たちは顔を見合わせたが、すでに打つ手はすべて打ってどうにもならないことを知っている。

警察に訴えて、警官が駆けつけて来ると、音響を下げるか、スイッチを切ってしまう。

「私はそんな大きな音を出したおぼえはない。神経質すぎるんじゃないのかい。狭い地域に肩を寄せ合って暮らしているんだよ。そんなに隣りの音が気になるんだったら、山奥か、無人島にでも行って暮らすんだね」

と騒音の主はせせら笑う。

警官が立ち去ったのを確かめると、またステレオやテレビを最大ボリュームで垂れ流す。

夏、窓を開け放して騒音の垂れ流しをされると、眠るどころではなくなる。たまりかねた近所の者が集まって抗議に行くと、

「てめえら、他人に文句ばかり言いやがって、自分は迷惑をかけていねえとでもおもっているのか。てめえの家の猫はおれの家に〝土足〟で上がり込むし、てめえんちの犬は時と所かまわず吠えたてやがる。そちらのほうでは風鈴が夜っぴて鳴り通しだ。音は大きいばかりが迷惑じゃねえぞ。

音には好き嫌いってえもんがあるんだ。つべこべぬかしやがると、まとめて面倒みてやろうか、おい」

と筋骨隆々たる腕をまくって怒鳴りまくるので、怖くなって逃げ帰ってしまう。腕まくりした奥には刺青がちらりと覗いた。

迷惑は音ばかりではなかった。ゴミをためたまま放っておくので、界隈に異臭を放つ。どうもその筋の者らしいという噂が立ってから、後の祟りが怖くなり、へたに警察にも届け出られなくなった。

それでも勇敢な隣人の一人が勇を鼓して抗議すると、悪口雑言の限りを尽くして怒鳴る。

ついに耐えかねて、再度、警察に訴え、ようやく迷惑防止条例違反で逮捕されたが、間もなく釈放されて帰って来た。訴えた隣人は御礼参りが怖くなって、引っ越してしまった。そんな前例があるので、じっと耐える以外にない。

だが、迷惑人の言い分にも一理はあった。

都会で多数の人間が限られた地域に棟を寄せ合い、肩を寄せ合うようにして生活している限り、自分では気づかぬままに、だれでも多少は他人に迷惑をかけている。

家族同然、いや、家族として一緒に暮らしているペット、特に犬や猫が他人の家に入り込んだり、その泣き声が近所迷惑になったりしている。

風趣のつもりで軒下になにげなく吊るした風鈴を、秋になっても取り下げなかったり、台風の夜にもそのままにしておいたりする。

風鈴の音であれば、その音を聞く人はだれでも愉しんでいるであろうとおもい込みがちであるが、音には主観性があることを忘れている。ある人にとっては快い音が、他の人には神経に障(さわ)る。

不快な音は工事の音や、怒鳴り声、罵(ののし)り声などだけではない。万人を感動させるはずである音楽ですら、聞く人によっては耳障りになる。

合同住宅では、なにげなく部屋の中を歩く足音や、室内に掃除機(クリーナー)をかける音、あるいはエアコンの音などが迷惑の源となる。

生活音はおたがいさまとおもっているが、いつの間にか生活音の範囲を超えていることがある。

だが、通常の場合は多少耳障りや迷惑を受けても、我慢し合ってしまう。迷惑人に対して抗議をしたところ、その点を逆襲されてしまった。

この時期に合わせて、最近、界隈に跳梁（ちょうりょう）し始めた地上げ屋が、

「いかがですか。こんなおんぼろアパートにいつまでもしがみついていないで、おもいきって転居されては……。私どもはこの地域の活性化のために活動している者でございますが、もし転居のご意思がおありなら、ご相談に応じます」

と言葉柔らかに懐中の札束をちらつかせながら近づいて来た。

これまで大家から、このアパートを壊して更地にして、土地を不動産屋に売却し、田舎に引っ込みたいので立ち退いてもらいたいと言われていたが、借間人たちは動かなかった。土地を買い漁（あさ）っている不動産屋の背後に、銀行が隠れていることを察知していたのである。

地域の土地を買い集め、再開発という名目で、銀行主導のニュータウンを建設する。札束で全住人の頬（ほお）を叩きながら、古い土地柄を改悪してしまう。

大家も札束の魅力の前に、銀行資本の手先になったのである。

アパートの住人たちは、地元の古い住人たちと協力して居座った。借間人が動かぬと決意すれば、借家法に守られて強い。

この時期に登場した迷惑人が、地上げ屋の強力な援護射撃をした形になった。

迷惑人の垂れ流す執拗な迷惑に耐えて、おんぼろアパートにしがみついている理由はない。もともとちょっと履き物を預けるような形で居ついたおんぼろアパートである。地上げ屋が差し出す札束がよいきっかけとなった。

借間人は櫛の歯が欠けるように去って行った。最後まで居座ったのは迷惑人である。

最後まで居座っていたが、迷惑をかけるべき相手が一人もいなくなってしまい、張り合いがなくなったらしい。最後の借間人として、地上げ屋から札束をもらうと、ようやく重い腰を上げた。

先に出て行った借間人たちに比べて、最も多くの札束をむしり取ったようである。

隣人や近所界隈に迷惑をかけまくり、最後に最高額を地上げ屋からむしり取った迷惑人は、意気揚々としておんぼろ長屋から出て行った。

最後の借間人が退去してから速やかにアパートは取り壊され、整地され、有刺鉄線が四方に張られて、不動産会社所有地の表示板が立てられた。

魚沼末松は近所界隈から怒鳴り虫、ゴミ屋敷、迷タレ（迷惑垂れ流し人）などと呼ばれていた。

ゴミに囲まれ、異臭に包まれた家には、野良猫が集まり、鴉が餌を求めて虎視眈々とうかがっている。集積場に出さないゴミは家から溢れ出し、玄関から庭を埋め、道路にはみ出している。

魚沼家のゴミは新たなゴミを呼び集めた。ゴミを出し遅れた者や、他の地域の住人が魚沼家の前にゴミを捨てて行くようになったのである。

これを野良猫が漁り、鴉がついばむものだから、彼の家の前はゴミが散乱している。

近所の住人の苦情を受けて区の係の者が注意をしても、どこ吹く風である。

魚沼に言わせると、ゴミではなく、所有物だと主張する。他人の所有物に行政は手を出せない。

事実、ゴミの中に古い家電器具や、壊れた時計などが混じっている。まだ十分使用に耐える家具や、修理をすれば使える器具などが混じっていると、ゴミとはいえなくなる。

近所の住人が異臭に耐えかねて抗議をすると、

「おまえの家の車はどうなんだ。毎朝早くからアイドリングして、朝もゆっくり寝ていられねえよ。排ガスがまともに吹き込んできて、一酸化炭素中毒になりそうだぞ」

あるいは、

「お宅の家の庭樹から舞い落ちてくる木の葉っぱはどうなるんだ。うちの構内にあるものをゴミ呼ばわりして文句をつけるのであれば、今後、木の葉一枚、我が家に飛ばすな」

と逆ネジをくわされた。

魚沼の家のゴミ漁りには近所の飼い猫も加わっている。その様子を、テレビが全国に放映した。

通行人のポイ捨て煙草が魚沼の家の前に積まれたゴミに燃え移り、消防車が出動する騒動になった。

だが、その現場を防犯カメラが撮影していて、ポイ捨て犯人が近所の住人であることが判明して、形勢が逆転した。

なんと防犯カメラの仕掛け人は魚沼であった。彼はゴミが新たなゴミを呼び集めるのを防ぐために、自ら防犯カメラを設置したのである。このため近所界隈の住人は魚沼に対して苦情を言えなくなった。

そんなある日、魚沼家に訪問者があった。彼は足の踏み場もないような家の中に入ると、いきなりかなり分厚い札束を魚沼の前に差し出して、

「あなたを見込んでお頼みしたいことがあります」

と切り出した。魚沼が来意を問うと、

「私どもは地域の活性化プロジェクトを担当している者ですが、ごね得を狙って動かない住人に手こずっております。わずかな住人の私利私欲のために、地域の開発が後れるのは文化の発展を阻害し、社会の損失でもあります。

そこで魚沼さんを見込んでお頼みする次第ですが、あなたにごね得狙いの住人の近くに住んでいただいて、彼らを追い出していただきたいのです。魚沼さんにかかれば、どんな強情な住人も退去するとおもいますので、ぜひともご協力いただきたくまかり越しました」

と言った。

つまり、不動産業者は魚沼の〝迷タレ〟能力を見込んで、居座り住人に迷惑を垂れ流し、追い出してもらいたいということであった。

魚沼の迷タレぶりはすでにテレビで紹介され、全国的に知れ渡っている。

「私の顔はテレビで知られているはずだが」

魚沼は言った。

「大丈夫です。あなたの顔はテレビに映されていませんよ」

業者は言った。

そういわれてみれば、まだ逮捕されたわけではない。なんの犯罪行為も立証されていない事件なので、テレビ局も慎重に配慮して、放映にあたり顔はぼかしている。魚沼は引き受けた。

業者が提供した札束はかなり美味(おい)しそうに見える。定収入源のない魚沼にとって魅力的なオファーであった。

魚沼は引き受けた。彼自身、自分の〝迷タレ能力〟が、こんな形でニーズがあるとは予測していなかった。

魚沼が派遣された先は、開発プロジェクトが進行中の地域の一隅にある老朽アパートである。その大家と手を組んだ業者が、魚沼を新たな借間人のように仕立てて、そのアパートに入居させた。

町内（コミュニティ）の鼻摘（つま）み者として嫌われていた〝能力〟が金になると知って、魚沼は張り切った。

彼の迷惑垂れ流しは無意識にしているわけではない。自分の行為に対して必ず苦情がくることを予想して、備えを立てている。文句を言ってきそうな住人のライフスタイルを事前に偵察して、その弱みを把握している。一種の知能犯であり、計画的な迷惑行為であった。

どんな人間でも、社会生活上、本人の気がつかぬところで他人に迷惑をかけている。迷惑程度の問題であるが、苦情を言う側はクリーンハンド（一点のやましさもない）でなければ強いことは言えない。

魚沼は入居者追い出し作戦に取りかかる前に、クリーンハンドの原則を逆用して、各入居者のライフパターンを徹底的に研究した。

魚沼の作戦は的中した。苦情を言って来た入居者を悉（ことごと）く撃退し、さらに追い打ちをかけて入居継続の意思を失わせた。そこにタイミングを合わせて、業者が彼らの頬を札束で叩いてまわったのである。

首尾よく全入居者を追い出した魚沼は、さらに示談解決の謝礼として多額の成功報酬をもらったのである。

老朽アパート入居者追い出し作戦でマスコミに報道された魚沼は、業者の注目するところとなり、各社から依頼が殺到するようになった。これは魚沼にとって痛し痒しであった。

彼には迷惑才能を商品化しようという意思はなかった。商品化されるともおもっていなかった。

幼少時、常にいじめの被害者側に位置していたために、他人に迷惑をかけることに報復的な快感をおぼえるようになったのである。

自分でも性格が歪んでいることがわかった。学校を卒業後、いくつかの会社や職業を転々としたのも、歪んだ性格のせいである。

人間関係がうまくいかない。幸いに親が残してくれた家と、多少の遺産のおかげで、職を失っても日々の暮らしに困るようなことはなかったが、コミュニティに溶け込めない社会不適応人間として、ますます偏った性格になってしまったようである。

魚沼のような歪んだ能力が求められることは、社会が歪んでいることを示すものであろう。

もしそうであれば、社会的人間として魚沼は不適応人間ではない。歪みに適応している人間といえることになる。

魚沼は勝手な解釈をつけて、自分を納得させた。

だが、社会が歪んでいるにしても、社会から求められたことは確かであった。彼以外の人間には果たせない仕事でもある。

歪んだ仕事かもしれないが、べつに犯罪を実行するわけではない。法は必ずしも正義の基準ではない。違法性と社会の歪みの境界線上を漂うようなきな臭い仕事ではあっても、そこに自分の能力が求められた事実に、魚沼は初めて生きている手応えをおぼえた。

迷惑と一口にいっても、いくつかの種類に分かれる。

大迷惑は違法性を帯び、小迷惑はおたがいさまということになろう。

問題は中迷惑である。これがおおかた魚沼が垂れ流している迷惑である。

迷惑のサイズを基準にした分類以外に、主観性を基準にした迷惑は分けにくい。例えば音やにおいや視覚、動植物などは、ある者にとって快いのが、別の人にとっては不快になる。このあたりが魚沼が苦情の反撃材料として得意とする分野である。

一人で発する迷惑と、多勢で発する迷惑もある。団体行動であるがゆえに、個人にかける迷惑を忘れがちとなる。あるいは気づいていても知らぬふりをする。

社会的地位や住宅位置、サイズ、また人種、貧富、身体条件、健康度等によって優位に立つ者が劣位に立つ者に迷惑をかける。この場合、劣位者はほとんど泣き寝入りをする。

迷惑をかける者とかけられる者は、前者が圧倒的に悪い。だが、時には後者のほうも多少の落ち度があることがある。例えば風鈴や主観的な生活音など、本人が無意識のうちに他人に迷惑をかけている場合である。

交通事故の過失相殺（そうさい）のように、迷惑相殺ということはほとんどない。迷惑を受けた者が、逆ネジをくわされて黙ってしまうのがせいぜいその相殺の程度である。

魚沼はこの迷惑相殺を最大限に利用して、迷惑を垂れ流した。

地上げ屋と手を組んでの迷惑作戦は、地上げの推進力となった。魚沼の迷惑作戦によって難攻不落であった地主や借家人、借間人が相次いで陥落した。

「魚沼以前」の地上げ業界が用いた居座り人追い出しの常套手段は、その筋の人間を雇って、居座り人の近辺で盛大な焚き火をしたり、騒音防止条例違反の騒音を出したり、幼い家族の身の危険をほのめかしたり、近所で偽装の建築工事を始め、地鳴り、振動や、頭上をいまにも落ちてきそうなコンクリートブロックをくわえたクレーンを旋回させたりなど、脅迫が主体であった。

これらの行為は犯罪に該当し、逮捕者が相次いだ。逮捕されては、業者は元も子もなくなる。法網を巧妙に潜り、防止条例すれすれのところで迷惑を垂れ流す魚沼の〝完全迷惑〟は、まさに業者の需要に応ずるものであり、彼のニーズはますます高くなった。

魚沼は業者に雇われ、彼らが地上げに手こずっている地域に派遣されて、その本領を発揮した。

魚沼自身、他人に迷惑をかけ、人々から顰蹙される自分の歪んだ性格が、このような形で求められ、金を生むことに驚いている。

自分の負の能力にも経済的な価値がつけられることに気づいた魚沼は、それが自分という人間につけられた値段であるとおもった。

いい気になった魚沼が、迷惑稼業に一層励んでいるとき、彼の人生観を根底から揺るがすような事件が発生した。

大阪の住宅街で殺人事件が発生した。犯人は被害者の隣人であり、被害者が時間かまわずテレビやオーディオのボリュームを最大限にして騒音を垂れ流すのに再三抗議をしても無視されたことに腹を立て、ついに刃物で被害者の胸を刺して死に至らしめたという事件である。

隣人の迷惑垂れ流しが、ついに殺人事件に発展した。

被害者は魚沼のようなプロの迷惑人ではない。ごく普通の市民が迷惑を垂れ流して、腹にすえかねた隣人から殺害されたのである。

魚沼はこの事件に衝撃を受けた。これまで迷惑を垂れ流していたが、まさか迷惑被害者から殺されるほど恨みを買うとはおもっていなかった。

迷惑をかけていた者は、ごく普通のサラリーマンであった。殺害した犯人も、リタイアして間もない元商社員である。

警察は騒音迷惑以外の確執があったのではないかと調べたようであるが、別の動機は発見されなかったそうである。

魚沼は、もし自分が同じように迷惑をかけた者から恨まれて殺されたらどうであろうかと考えた。

自分なら殺されるようなへまはしないという自信があるが、同類の者が他人から殺されるほどの恨みを買っていた事実に衝撃を受けた。

魚沼がよく使う手であるが、騒音に主観があるように、迷惑にも主観がある。魚沼がさしたる迷惑ではないとおもって垂れ流したものが、相手に殺意を生むかもしれない。

もし殺された迷惑人のように、自分も殺されてしまったら、他人(ひと)に迷惑ばかりかけて生きてきた自分の人生は、果たしてなんであったかと考えるようになった。

他人に迷惑をかけて報酬を受け、生きている。生まれてからこのかた、他人から感謝された記憶はない。魚沼の依頼人すら、彼に仕事の報酬を支払うとき、蔑(さげす)むような表情をする。

「ゴミも肥料になるが、人間のくずも役に立つことがあるんだな。もっとも我々もくずにはちがいないがね」

ある不動産業者は自嘲の苦笑を口辺に刻みながら、魚沼に金を払った。

事件発生前であれば、そんなことは聞き流してしまう魚沼であったが、ショックをおぼえた。

無人島や僻地に隔離されて、一人暮らすのであれば別であるが、社会に生まれ合わせて、他人に迷惑をかけることによって食っている生きざまに疑問をもつようになった。

自分にもニーズがあると舞い上がっていたが、悪いニーズである。そんなものはないほうが世の中のためになる。

人を大量に殺したり、巨額の金を騙し取ったりするような大悪は犯していないが、自分が存在しないほうが社会にとってベターであることに気づいた魚沼は、急に虚しくなった。こんなことは初めての経験である。

歴史に名を残す独裁者や、犯罪史上に悪名を刻んだ大悪党も、後世代に観光資源となって国や地元を潤すこともあるが、魚沼のような小さな迷惑人は、迷惑を垂れ流したまま時間の経過のうちに消えてしまう。

どうせ無になってしまうのであれば、社会に貢献しようと、迷惑をかけようと同じことであるが、迷惑をかけるためだけに一度限りの人生を消費してしまうのは、いかにも虚しい。

ならば、宗旨変えして、迷惑を止め、善行を施すか。

だが、多年、他人(ひと)に迷惑をかけつづけてきた魚沼が、突然Uターンして善行を施そうとしても、どうしてよいかわからない。

とりあえず宗教書などを読んでみても、魚沼にとっては難しすぎてわからない。だいたいよいことという価値観が、魚沼の内面にないのである。

それがなければ、虚しさも迷いもないはずであるが、人間である限り、だれもが持っている自分の人間性が歪んでいることに気づき始めたのであろう。

魚沼は漠然と、だが本能的に、このままでは自分は腐っていくような気がした。

この世に人間として生まれ合わせて、人間でもなく、非人間でもなく、善人、悪人でもなく、朱(血)を盛った革袋のようなつるつるした物体として腐っていく。腐臭芬々(ふんぷん)として、周囲の者に迷惑をかけながら腐る。

まさに魚沼にふさわしい生きざまと言いたいが、それは生きているのでも死んだのでもなく、魚沼という人間が分解されて、似ても似つかぬ物質に変化して、やがてなにもなくなってしまうということである。

無に帰することは同一であっても、腐って無に帰したくはない。

そんなことを考えるようになったこと自体が、すでに腐敗が始まっているしるしではないだろうか。

ある朝、私鉄沿線の主要駅の一つで痛ましい事故が発生した。

四十代の主婦が高校のクラス会に出席する途上、駅のホームで数人の人相の悪い男たちのグループに取り囲まれた。

初めは行きずりのグループかとおもっていたが、電車の入線を知らせる駅のアナウンスと共に、凶悪な殺気が迫った。

自衛本能から、彼女が警戒の構えを取った瞬間、グループの一人がいきなり彼女が手にしているバッグをひったくった。

「泥棒」

と叫んで追跡の体勢に入りかけた彼女を、グループの別の一人が突き飛ばした。ホームに踏み止（とど）まろうとしたが、勢いがあまって彼女はホームから道床に転落した。そこに電車が入線してきた。

電車の運転士は必死にブレーキをかけたが、線路上に落ちた女性は打ちどころが悪かったらしく動けない。

折からラッシュアワーのホームには多勢の乗客が電車を待ち合わせていたが、どうすることもできない。声も出せず、数秒後に轢断（れきだん）される道床の女性の凄惨な光景を予想して立ちすくんでいるばかりである。女性を突き落としたひったくり集団は、人込みの奥に消えている。

そのときホームから道床に跳躍した一個の黒影があった。ホームの上に犇（ひしめ）く乗客たちは固唾（かたず）を呑んだ。

道床に飛び下りた一人の男が、動けぬ女性を道床から助け起こし、ホームの上に押し上げた。ホーム上の乗客が数人手を差し伸ばし、女性の身体を引っ張り上げた。つづいて救助者がホームに這い上がろうとした瞬間、電車が入線して来た。

女性は無事にホームの上に引き上げられたが、救助の男性は入線してくる車両に巻き込まれた。運転士は必死にブレーキをかけたが、間に合わなかった。

ホームの乗客の中から悲鳴が走った。一人の男性の命を犠牲にして、女性の生命は救われた。ラッシュアワーの主要駅、多数の乗客が見守る前での壮烈な自己犠牲的行為であった。

各マスコミはこぞってその男性の英雄的行為を讃えた。


なにげなく新聞を開いた棟居は、社会面の大きなスペースを割いて報道されている、ラッシュアワー中の駅における英雄の記事に目を止めた。英雄の顔写真に薄い記憶がある。

記事を読み進む間に、顔写真の主をおもいだした。魚沼末松、四十一歳。名前、年齢、そして住所地も一致している。彼は棟居の住居の近くの町内に住む悪名高き近隣迷惑常習者であった。

都条例違反で何度か警察に引っ張られたが、警察から厳しく説諭されて帰って来ると、また元の木阿弥で、近所に迷惑をかける。担当ちがいであったが、知り合いの警察官から、魚沼は地上げ業者に雇われたプロの迷惑人である容疑があるので、証拠をつかみ次第、逮捕する矢先であったという。

棟居は首をかしげた。救助者は札付きの迷惑人であった。他人に迷惑をかけることを職業にしている人間が、自分の命を犠牲にして他人を救えるものであろうか。

棟居は魚沼の犠牲行為に不審というよりは興味をもった。他人に迷惑をかけて生きていた人間が、生命の危険にさらされている赤の他人を救助するために自らの一身を懸けた。棟居はその点に興味をもった。職業的な習性といえるかもしれない。

棟居は知り合いの警察官に、魚沼の生活史について知りたいと申し込んだ。

「棟居さんの抱える事件の解決にお役に立つことなら、お安いご用です」

警察官は棟居から依頼されて、嬉しそうに応じた。

「いや、事件の捜査ではない。ちょっと個人的な興味があってね」

間もなく警察官が報告にきた。

「個人情報に関わることなので、少々手間がかかりましたが、伝を頼って魚沼のかかりつけの医師から意外な情報をつかみました。魚沼は膵臓がんの末期で、余命三ヵ月と宣告されていたそうです」

「膵臓がんで余命三ヵ月……本人はそのことを知っていたのですか」

棟居は愕然として問うた。

「医師から告知されていたそうです。彼は余命三ヵ月の捨て場所を探していたのですね」

棟居はちがうとおもったが、黙っていた。

情報を提供してくれた警察官に感謝して、彼が帰った後、棟居は改めて魚沼の心境をおもった。

魚沼は余命三ヵ月の捨てどころを探していたのではない。三ヵ月を最大限に生かすために死んだのだ。彼はせいぜい生きたところで三ヵ月の命を、他人の生命を救うことによってつないだのである。

魚沼の命は、彼が救った女性の生命に引き継がれたのである。生涯、他人に迷惑をかけながら、いや、かけることによって生きてきた魚沼が、寿命を限られて、自分の人生の締めくくりとして一度だけ〝人助け〟をした。

人それぞれに人生の決算は黒字や赤字となる。赤字つづきの人生を、その総決算に際して一挙に黒字に逆転しようとしたのであろう。

社会から蛇蝎のごとく嫌われていた人間が、英雄となって死んだ。魚沼の人生決算は黒字であった。もって瞑すべきであろう。

棟居は魚沼の壮烈な最期に対して、哀悼と敬意を表した。いかに余命を教えられていたにしても、赤の他人の命を助けるために、迫り来る電車の前に飛び下りる勇気は尋常ではない。

魚沼の犠牲救助には後日談があった。

数日後、魚沼に命を救われた女性の住居に、ひったくられたバッグが差出人匿名で返還されてきた。バッグの中身は手つかずに残されていた。

ひったくりグループが魚沼の英雄的行為に、自分たちの犯行を恥じて、新聞に公表された女性の住所に奪った品を返してきたらしい。

人生の駐輪場

「おはようございます」

朝靄の帳のかなたから明るく爽やかな声をかけられた山形は、音声だけでその主がわかった。相手の名前は知らない。住所も、この近辺であることは確かであるが知らない。だが、彼女の明るい声を聞くだけで、今日一日よいことがありそうな気がする。

「おはようございます。行ってらっしゃい」

山形の返す言葉も短い。二言、三言交わすだけの朝の束の間のふれあいであるが、彼女と顔を合わせた日は充実している。

山形稔は多年勤めた会社を定年退職して、この新しい〝職場〟に来た。定年間際は、リタイア後、あれもしよう、これもしたいと自由な余生に盛りだくさんの計画を描いていたが、さて、実際にリタイアしてみると、突然目の前に広がった海のような自由をもてあましてしまった。

当座は内外の旅行をしたり、グルメの食べ歩きや映画、コンサート、英会話、ダンスなど、ルンルン気分で自由をエンジョイしていたが、そんなことぐらいでは平均寿命八十歳に達した余生を使い切れない。

現役時代、分刻みで動いていた働き蜂の習性は、定年という一時点をもってテレビのチャンネルのように切り替えられるものではない。なによりも社会に参加していないという虚しさが、隙間風のように心身を吹き抜けていく。

朝起きてどこにも行くところがないという身は、つまり、社会から求められていないという疎外感となる。

定年直後は、長年ご苦労さまでしたと家族も大切にしてくれたが、毎日、家でごろごろしている夫と父親を見る彼らの目が冷たくなったように感じられる。

山形のひがみかもしれないが、もはやなにも生産せず、家族になにももたらさない夫や父親は、粗大ゴミのように見えるのではないだろうか。

山形は家の中に居たたまれなくなって公園や図書館に出かけて時間を潰したが、とても潰しきれない。山形は平均寿命までの膨大な時間をおもうと途方に暮れた。

朝起きて、今日はどのようにして時間を過ごそうかとおもい悩む。リタイア後、したいこと、行きたい場所はおおかたし尽くし、行き尽くして、なんの当ても予定もない。同時期にリタイアした友人は、『歳時記』を持って一日中環状線に乗っていると言った。山形にはとてもそんな真似はできない。

卵を産まなくなった鶏は潰（つぶ）しが利くが、生産性を失った働き蜂は、どこにも居場所も行き場所もなくなってしまう。

こんな時期、友人がおしえてくれた市の人材（シルバー）派遣センターに登録してみたら、都下の私鉄駅前の自転車置き場に派遣された。そこが彼の新しい職場であった。

センターでは企業や各種団体、家庭などからの申し込みに対応し、登録者の経歴、職能などを勘案して、それぞれの申し込みにふさわしい仕事を登録者に提供する。これを引き受けるか否かは、登録者の自由である。

山形は最初に提供された自転車整理の仕事に少し迷ったものの、現役時代は営業中心で、依頼の多い植木の手入れや、廃棄機器の再生、建物のリフォームなどの技能はないので、とりあえず引き受けた。

正式な職名は自転車整理員。駅周辺の放置自転車は交通の障害になる。そこで市は、市指定の自転車置き場を設けた。そこに有料駐輪場からはみだした自転車約五百台を収容する。この自転車を整理するのが、山形に新たにあたえられた仕事であった。

べつに難しい技術も緊張も必要ない。現役時代、常に会社の営業第一線に立って販路を切り拓いてきた身には、いささか不満ではあったが、家の中で粗大ゴミ扱いされるのよりはましであると、山形は自分を慰めた。

勤務時間はサラリーマンが出勤する早朝から三、四時間である。朝起きて、今日はなにをして過ごそうかとおもい迷う時間はない。

現役時代よりも早い時間に起き出して、職場に駆けつける。すでに早朝出勤者の自転車が指定置き場に立ち並んでいる。

なるべく駅に近い位置に自転車を起きたがる。早い者勝ちに駅に近い距離から駐輪位置が埋まっていく。自転車が主体であるが、単車も入り込んで来る。

交通の障害にならないように、自転車は路肩の道路線に対して斜めに駐輪しなければならない。だが、駐輪者の意のままにしておくと、路肩に直角に置きたがる。そのほうが出し入れもしやすい。これを自転車整理員が交通容量を圧迫しないように斜め駐輪に整理する。

これは意外に肉体労働であった。自転車が並んで駐輪すると、ハンドルやペダルが絡みやすい。これをカラミと呼ぶ。なるべく駅に近く駐輪しようとして、後から来た者が無理やりに自転車を押し込むと、出すときが大変である。自転車整理員は駐輪容量を考えながら自転車を整理しなければならない。

あるいは駐輪容量を超えて無理やりに押し込むと、取り出せなくなる。無理に引っぱり出そうとして将棋倒しになろうものなら大変である。

自転車整理員の勤務時間はおおむね午前六時三十分ごろから十一時ごろまで。整理の仕事はおおむねラッシュ時に集中する。

早朝はまだ駐輪場に余裕があるが、ラッシュ時になるとスペースが厳しくなってくる。駐輪容量に達した後、遅れて来た自転車のために、駐輪スペースをつくりだしてやるのも、自転車整理員の仕事である。

山形は、当初は不満であったその仕事が、慣れるにしたがって次第に愉(たの)しくなってきた。勤務時間が朝の三、四時間というのも都合がよい。朝働くと、午後のフリーの時間が充実して感じられる。

ほとんどボランティアのような無報酬に近い仕事であるが、社会に参加している充実感がある。

同僚も、いずれもリタイアした同年配で、言葉を交わしている間に親しくなった。

駐輪場の定期的利用者たちとも顔馴染（なじみ）になって、挨拶を交わすようになった。朝の忙（せわ）しい一時（ひととき）の二言、三言であるが、これが愉しい。相手が若い女性となると、一層心が弾む。自転車を通してのふれあいが、整理員にとってはなによりも嬉しい。

山形が自転車整理員になってから、早くも一年が過ぎた。四季を経験し、また春がめぐってきた。冬の朝の自転車整理は辛いが、帰宅して熱い風呂に入るのが愉しみになった。

指定駐輪場は線路と道路の間の桜並木に沿って設けられているので、花季には花吹雪が舞い、夏は蟬時雨（せみしぐれ）が降りしきり、秋は落葉が吹きだまる。冬、降雪があると花季の前に雪の花が咲く。

利用者はたいてい駅を中心にした近辺の住人である。ほとんどが通勤者であり、多数派が都心へ向かう。起伏の多い地域で自転車を利用するだけあって、若者から壮年が圧倒的に多い。約五百台の駐輪を数人の整理員が区分して管理（整理）する。

利用者はおおむね駐輪位置が定まっている。定時の出勤時間に応じて駐輪位置が定まってくるのであろうが、早く来て駅に近い位置がすいていても、定位置に駐輪する者が多い。サラリーマンの習性というべきか、定位置に駐輪しないと気持ちが悪いらしい。

利用者は整理員に挨拶する人と、まったく無視する人の二種類に分かれる。さらに挨拶しても、会釈(えしゃく)をするだけの人と、言葉を交わす人に分かれる。整理員にとってわずか一言、二言でも声をかけてくれる利用者は嬉しい。

中には自転車整理員を自分の使用人のごとく錯覚している者もいる。自分はほとんど動かず、自転車の出し入れを整理員任せにする。ラッシュ時、スペースを探す時間がなく、ロックした自転車を整理員に預けたまま飛んで行ってしまう者もいる。

整理員のほうから申し出て自転車を預かる場合もある。たいてい言葉を交わして親しくなった利用者たちである。

時には事件が発生する。駐輪位置から自転車が消失する場合がある。ロックせずに駐輪して盗まれたのである。また後から来た利用者が勝手に先着車の駐輪位置を動かしてしまうケースである。夜の遅い時間には整理員はいないので、利用者は困惑する。

盗難自転車はほとんどの場合、別の場所に放置されている。自転車泥棒は自転車自体が目的ではなく、家までの足を失った通勤者が、ロックしていない自転車を勝手に使用して乗り捨てる、いわゆる使用窃盗である。

駐輪場の自転車のバスケットは、しばしばゴミ箱扱いにされる。通行人がゴミを駐輪車のバスケットに投げ込むのである。

中にはゴミの取り集め時間に遅れた者が、ゴミを運んで来て、自転車のバスケットに放置する悪質なケースもある。また利用者自身が自分のゴミを他人のバスケットに投げ込んだりする。整理員がバスケットの中のゴミを見つけると、ゴミ集積場に移しておく。

時には駐輪位置を争い合って喧嘩になることもある。たいてい整理員の仲裁でおさまるが、自分の駐輪位置を指定席とおもい込んでいるような利用者もいる。

自転車整理員は一般の人材派遣会社ではなく、公益法人のシルバーセンターからの派遣である。クライアントに雇用されたわけではなく、労働関係の法規の適用はない。したがって、給料や賃金は支払われない。そのかわり配分金としてのなにがしかの手当が出る。だが、現役時代の収入のようなわけにはいかない。

それでも現役時代に積み重ねた知識や経験を生かして、社会に参加したいという人たちにとっては、社会に参加している実感のほうが貴重なのである。

現役時代、なにかの長を務めた人たちも、長の尾を切り離して余生の仕事に参加してくる。長の尾をなかなか切り離せない人は、家に閉じこもりがちになり、速やかに粗大ゴミ化していくのである。

中には長の尾を引きずって、センターが提供してくれた整理員の仕事に不満をもち、馴染めない者もいるが、自転車整理をしている間に、次第にその尾がすり切れていく。

ラッシュ時五百台を超える自転車の整理を、三、四人の整理員が手分けするが、山形の受け持ち区分に塩谷朱実の〝指定席〟があった。

駐輪場の中央やや下手寄り、彼女が現われるのは午前八時前後である。この時間帯はラッシュの盛りを過ぎ、駅寄りのスペースはほとんど満杯になっている。駅までの距離が少しあり、やや遅れぎみの利用者は自転車を駐輪場に突っ込むと、脇目もふらず駅に向かって突っ走る。整理員の姿など彼らの眼中にはない。

だが、塩谷朱実はいつもより遅れぎみの朝でも、山形ににっこりと笑いかけ、朝の挨拶を交わしてから駅へ急ぐ。時には果物や菓子などを、

「お手すきのときに皆さんと」

と恥ずかしげに渡して行く。

彼女は決して整理員に対して、「ご苦労さま」とは言わない。それが目上や年長の者に対する言葉でないことをわきまえ、「お世話になります」、あるいは「お疲れさまです」と言葉を選ぶ。

彼女の名前は偶然のことから知った。

毎年春、花粉症に悩まされる山形は、かかりつけの医院で偶然、彼女と一緒になった。

医院では受け付けと同時に予約番号をくれる。番号札にはおおよその予定診療時間が打刻されている。

当日、彼女と番号が前後していた。彼女も花粉に悩まされているらしい。順番がきて、受付が「しおやあけみ」さんと呼んだとき、彼女が反応した。

自転車整理員の仕事は土・日や国民の祝日にはない。そんな日は彼女にも会えず、一日虚脱したようになってしまう。会社を〝卒業〟した、いい歳をした男が、自分の娘のような若い女に毎朝、会うというよりはすれちがう一瞬を生き甲斐のようにしている。山形は苦笑した。

だが、彼女がいつの間にか山形の余生の中心軸になっていることに気づいて、愕然とした。塩谷朱実は山形に対してのみ愛想よく接しているわけではない。時たまの差し入れも、彼がたまたま朱実の区分を担当していたからであって、

「皆さまでどうぞ」

と言って渡す。それにもかかわらず、山形は朱実が彼一人を意識しているようにおもい込んでしまった。

それでもいいではないか。べつに朱実に対してセクハラを働いているわけではない。余生の中心軸として、彼女を勝手に心の中に祀り上げているだけである。

「月曜病」と一般にいうが、山形は月曜日が待ち遠しい。やれやれまた一週間と通勤者が暗い表情でそれぞれの職場に向かう月曜日の朝、山形は朱実に会える喜びに心を弾ませて出勤する。

月曜日の朝の朱実は特に新鮮に見える。集団自殺の行列を連ねるレミングの大群のように、暗い表情の通勤者の中で、朱実一人がオーラを発しているように潑剌として見える。

その日の朝、山形は整理員になってから初めての光景を目にした。おおかた葉桜となった桜並木の下の駐輪場は、駅寄りに早出の通勤者の自転車が並んでいるだけで、

中央より下手はほとんど空白である。その中に一台、ぽつんと取り残されている自転車がある。塩谷朱実の自転車である。

昨夜雨が降り、遅咲きの桜の花弁がサドルに二、三ひら張りついている。山形の前に早朝出勤したのではなく、昨夜からそこに放置されていたのであろう。

いや、もしかすると、金曜日の夜から放置されていたのかもしれない。つまり、金、土、日の三日間、彼女は帰宅しなかったことを示す。あるいは金曜日の夜遅くなり、車で帰宅したことも考えられる。とすれば、今朝は自宅から徒歩、あるいはバスかタクシーで駅まで来るかもしれない。山形は消沈しかける自分を励ました。

だが、朱実の出勤時間となっても、彼女は姿を現わさない。周囲のスペースがほとんど埋まっても、彼女の明るい声は聞こえなかった。

山形が整理員になってから、彼女は一日も欠勤したことがない。自転車が放置されていたこともない。

(なにか彼女の身辺に起きたのかもしれない)

悪質な風邪でも引いたのか、あるいは身辺に異変が生じたのか、それとも長期の旅行にでも出かけたのか。山形は気もそぞろにあれこれおもいめぐらした。

「塩谷さん、大変なことになりましたね」

利用者の一人が声をかけてきた。

「塩谷さんが大変なこととは……」

山形が問い返すと、

「あれ、今朝のニュース、聞かなかったのですか。塩谷さん、昨夜遅く、多摩川の河原で死体となって発見されましたよ。ぼくもテレビで生前の写真を見て、塩谷さんの名前を知ったのです」

利用者が言った。

「そ、それ、本当ですか」

「テレビのニュースで流れていました。朝刊にも出ているかもしれません」

利用者はそれだけ言うと、駅に向かって急いだ。山形は束の間、茫然となった。我を取り戻した山形は、ラッシュアワーがおさまるのを待って駅の売店に走り、数紙の朝刊を買った。塩谷朱実の死体発見の記事はすべての紙面に掲載されていた。

各紙の記事の大要は次の通りである。

――××日午後十時三十分ごろ、都下調布市域の多摩川河川敷を散歩中の近くの住人が、廃棄されていた乗用車の中に、若い女性の死体を見つけて一一〇番した。

警視庁捜査一課と調布署が調べたところ、女性が身につけていた身分証明書から、会社員・塩谷朱実さん（二十四）と確認された。

塩谷さんの首に紐で絞められた痕があり、調布署と警視庁捜査一課は殺人・死体遺棄事件と見て、同署に捜査本部を設置して本格的な捜査を始めた。

調べによると、塩谷さんは週末、勤め先を定時に退社したまま帰宅していない。塩谷さんは帰宅途上、犯人と出会い、多摩川河川敷に連れ込まれ殺害された模様から、顔見知りの犯行の可能性が強いと見られている。――

いずれの記事も大同小異であり、死体の主が塩谷朱実であることを報じていた。

整理員の同僚たちも、テレビや新聞を見ずに出て来ており、彼女が殺され、多摩川の河川敷で発見されたと聞いて驚いていた。受け持ちの区分が異なっていても、朱実はだれにも分け隔てなく愛嬌を振りまき、優しい言葉をかけてくれる整理員共通のアイドルであった。

放置自転車は違法駐輪車と共に市が指定した集積場に集められるのであるが、朱実の自転車は遺族が引き取りに来る場合を考えて、しばらく指定の位置に留め置いた。

朱実の非業な死に、山形は余生の中心軸を失ってしまった。もはや彼女の笑顔に触れ、言葉を交わす機会は永久に失われたとおもうと、すべてが虚しくなった。駐輪場の指定位置に留め置かれている朱実の自転車を見る都度、胸が痛み、犯人に対する怒りが込み上げてくる。

その後、報道に注意していたが、捜査は難航しているようである。

虚脱状態の数日を過ごす間に、山形はふと気がついたことがあった。

路肩に向かって朱実の左側に、常に駐輪していた自転車が見えなくなっている。かなり使い古した、塗装も剝げかけているが、数段の変速歯車がついている軽快車であった。その自転車が、朱実が殺害された時期とほぼ同じころから姿を消していることに気がついた。

たしか所有者は三十前後の特徴の少ない男で、常に朱実と同じ時間帯に、計ったかのように姿を現わし、彼女の指定位置の左隣に駐輪した。山形ら整理員には路傍の石や木を見るような目を向けていたが、朱実に対しては笑顔をつくり、言葉を交わしていた。

山形にはなんとなく感じの悪い男という印象しか残っていない。その朱実の〝隣人〟が自転車と共に姿を見せなくなっている。

これは偶然の一致か。それとも必然か。もし必然であれば、朱実の死と、隣人とその自転車の消失はなんらかのつながりがあることになる。朱実が死んでしまったので、山形同様、張り合いを失い、別の位置に駐輪するようになったのであろうか。

だが、通勤者の出勤時間はおおむね特定している。となると、駐輪位置もおおむね定まってくる。仮に、故意に位置を変えたとしても、五百台の駐輪場であるから、そこを利用していれば必ず整理員の目に触れる。

山形は自分の発見を同僚に話した。

「そういえば、彼女の隣によく駐輪していた男を最近見かけなくなったな」

同僚もうなずいた。

隣人は朱実の事件と時期を一にして姿を消したことになる。捜査本部は顔見知りの犯行である可能性が高いと発表していた。隣人は当然、彼女の顔見知りである。疑惑が速やかに山形の胸の内に凝縮していった。

山形はためらわずに自分の着想を捜査本部に伝えることにした。

多摩川河川敷ＯＬ殺害・死体遺棄事件の捜査本部に参加した棟居（むねすえ）は、被害者が利用していた駐輪場自転車整理員の提供情報（タレコミ）を重視した。

若い女性の事件は、まず異性関係を探るのが常道である。だが、被害者には特に親しくしていた男は見当たらなかった。明るく聡明な彼女は、職場でも人気者であったが、特定の異性はいない。特に秘匿（ひとく）していた様子もない。

女性の同僚の一人が、被害者は生前、付け文（ラブレター）を送られて少し困っていると漏らしたと棟居に告げたのが、唯一の被害者の異性情報であった。

「その付け文（ラブレター）の差出人は同じ会社の人ですか」

と棟居は問うた。

「いいえ。名前も住所もよく知らない、社外の人だと言ってました」

「名前も住所も知らせずに、いまどき珍しい付け文を送りつけても意味がないとおもいますが」

「顔見知りではあったようです。手紙には名前ぐらい書いてあったかもしれませんが、塩谷さんは興味がなかったので、よく読まずに捨ててしまったと言ってました」

「あなたはその付け文を塩谷さんから見せてもらいませんでしたか」

「いいえ。塩谷さんは手紙を捨てた後、私に話したそうです。でも、それほど気にも止めていなかったようです」

同僚からの異性関係に関する聞き込みはそれだけであった。そこに山形からのタレコミがあった。

駐輪場の隣人が付け文の差出人であったとすれば、一応の顔見知りであったにちがいない。隣人が何度想いの丈を付け文に託して送っても柳に風と受け流す彼女に、可愛さあまって憎さが百倍と犯行に走った可能性も考えられる。

退社時を待ち伏せていた犯人に無理やりに多摩川河川敷に拉致され、犯人を拒みつづけて殺害されたという筋書きは無理ではない。

もし隣人が犯人であれば、駐輪場から通勤可能な近距離に住んでいるはずである。

棟居は捜査会議に山形のタレコミを踏まえた発想を提議した。立ち上がりから難航していた捜査に、棟居の提議はさしたる異論もなく、捜査本部に受け入れられた。

まずは被害者が利用した駐輪場の隣人の発見捜査が当面の捜査方針として決議された。

だが、間もなく隣人のものと目される自転車が、被害者の居住市域の山林中に放置されていたのを、たまたま犬を散歩に連れ出した近隣の住人が発見した。

自転車の鑑札のナンバーが照会され、所有者は被害者と同じ市域に住む長沼勝と判明した。

捜査本部は色めき立った。ついに容疑者を絞り込んだ。棟居も手応えをおぼえていた。

まず長沼に任意同行を求めて自供を得た上で逮捕状を執行する。

捜査本部に同行を求められた長沼は、激しく否認した。

「私が塩谷さんを殺したなんて、とんでもない見当ちがいです。たしかに私は塩谷さんに気がありました。少しでも塩谷さんに近づきたいとおもって、彼女の出勤時を狙って駐輪場に行き、彼女の自転車の隣に駐輪するようにしていました。金曜日の朝、私が出勤したときは、まだ塩谷さんの自転車は見えませんでした。塩谷さんとは朝の挨拶を交わしたくらいで、それ以上なにもありません。本当です。信じてください。仕方なくたまたま塩谷さんが殺された夜と同じ夜に、私の自転車が盗まれたのです。仕方なくその日は歩いて帰り、それ以後、バスで通勤していました。嘘だとおもったらバスの運転手に確かめてください。ほかにも私がバスで駅まで往復していたことを証言してくれる乗客がいるかもしれません。

　あの夜、自転車泥棒は私の自転車を盗んで自宅の近くに乗り捨てたのです。自転車が乗り捨ててあった場所は、私の住居とは見当ちがいの方角です。自転車泥棒は自転車を乗り捨ててあった近くに住んでいるにちがいありません。私は塩谷さんを殺してなんかいません」

　と長沼は言い張った。

「あなたは自転車を盗まれたと言うが、自転車はロックしていなかったのですか」

　棟居は問うた。

「こんなおんぼろ自転車を盗む者がいようとはおもわなかったのです。朝は一分一秒を争います。それに鍵を失ってしまったので、買い換える手間も面倒で、いつもロックしませんでした」

　と長沼は答えた。

　彼の強い否認に、捜査本部はバスの運転手や乗客に聞き込みをしていなかったことに気づいた。自転車整理員の提供情報（タレコミ）を踏まえての消えた隣人の追跡捜査に集中（フォーカス）したため、バスには捜査のアプローチをしていなかった。もともと駐輪場利用者にバスは無関係という先入観がある。

早速、長沼の供述の裏づけ捜査をしたところ、バスの運転手および乗客の数名が、たしかに長沼が塩谷朱実の殺害された後、バスで通勤していた事実を証言した。長沼の容疑は完全に消去されないまでも、だいぶ希薄になった。

だが、棟居は盗まれた隣人の自転車にこだわった。

自転車泥棒は、ただ単に帰路の足のために自転車を盗んだのか。あるいはなにか別の意図があって長沼の自転車を選んだのか。

いずれにしても棟居は、自転車泥棒が事件の鍵を握っているような気がした。

もし自転車泥棒が帰宅時の足のためだけに長沼の自転車を盗んだとすれば、自転車を放置した地点の近くに住んでいるはずである。その場合は、自転車泥棒は塩谷朱実の事件とは関係ないことになる。つまり、泥棒を探し出しても事件の解決にはつながらない。

棟居は仮説の矛盾を知りながらも、自転車泥棒を追跡することにした。

山形は棟居の訪問を受けた。彼は、山形がつかんだ情報と発想を捜査本部に提供したとき対応してくれた刑事である。

「おかげさまで捜査に新たな展開がありました。そのことについて改めておうかがいしたいことがあります」

と棟居はまず情報提供に対する礼を述べてから、事件と自転車泥棒の関連性についての仮説を話して、自転車整理員としての山形の意見を聞いた。

「自転車泥棒が意図的に隣人の自転車を盗んだとすれば、事件になんらかの関わりがあるかということですね」

「そうです」

「整理員はまだ一年ほどですが、盗まれた自転車は高級車でもなければ、珍しい型(タイプ)でもありません。たまたまロックがされていなかったので白羽の矢を立てたのだとおもいます」

山形は正直におもった通りを言った。

「やはり、そうですか」

棟居は落胆したようである。施錠されていない自転車を盗んだのであれば、泥棒は事件に関わりない。

「でも、自転車泥棒は犯人についてなにか知っているかもしれませんよ」

山形は、ふとおもい当たることがあった。

「犯人について知っていること……それはなんですか」

落胆していた棟居の目が光って、上体を乗り出した。

「犯人には直接つながらないかもしれませんが、泥棒が五百台もある自転車の中から、長沼さんの自転車を選んだのは、彼の自転車がロックされていないことをあらかじめ知っていたからではないでしょうか。そのことも偶然知ったのではなく、長沼さんの自転車、正確に言うなら、その自転車の近くを特にマークしていたので、予備知識があったのではないかとおもいます」

「長沼さんの自転車の近くをマークしていた……あ、もしかすると」

棟居がはっとしたような表情をした。

「長沼さんの隣の位置に駐輪していた塩谷さんは、駐輪場のアイドルでした。駐輪場の利用者とその界隈の人はほとんど塩谷さんを知っていました。つまり、自転車泥棒は塩谷さんを意識していて、その隣に駐めてある自転車が施錠されていないことを知っていたのではないでしょうか。塩谷さんを殺した犯人も、駐輪場の利用者の中に潜んでいるような気がします。

　犯人が駐輪場を接点にして塩谷さんに接触したとすれば、自転車泥棒も長沼さんも犯人を目撃しているかもしれません。自転車泥棒が長沼さんの自転車が施錠されていない事実を知っていたということは、塩谷さんをそれだけ強く意識していたということになりませんか。その分、彼が犯人であるか、あるいは犯人を目撃した確率も高いことになります」

「ごもっともだとおもいます」

　棟居は共感したようにうなずいた。


　棟居の見込みは的中して、自転車泥棒は自転車が乗り捨ててあった山林の近くに住む会社員であった。たまたま当夜、ジョギングしていた近所の住人が、山林から飛び出して来た彼と鉢合わせしたことからアシがついた。

　近所の住人は、彼が山林で小用を足してきたとおもったと言った。それにしては家がすぐ近くなのに、山林に飛び込んで用を足したのは、よほど迫っていたのだろうと推測したそうである。

棟居はその聞き込みに飛びついた。界隈の住人に目撃された彼の名前は竹崎明、二十九歳、独身の会社員で、親の家から都心の職場に通勤している。

棟居は所轄署の久保田と共に、竹崎の在宅率の高い時間を狙って訪問した。

「近くの山林に放置されていた長沼勝氏の自転車について聞きたいことがある」と告げられただけで竹崎は蒼白になり、全身が震え始めた。

「申し訳ありません。バスの時間まで間があり、タクシー乗場も長蛇の列で、つい他人の自転車を無断借用してしまいました。盗むつもりはありませんでした」

と竹崎は言った。

「どうして多数の自転車の中から長沼さんの自転車が鍵をかけていないとわかったのかね」

棟居は核心を問うた。答え方次第によっては、事件の重要参考人として任意同行を求めるつもりである。

「私も、長沼さんというのですか、その人の自転車の近くに駐輪していたのです。長沼さんがロックしていないことは知っていました」

「なぜ自分の自転車で通勤しなかったのか」

「少し前にパンクして、修理に出すのが億劫だったのです。パンク後はバスで通勤していました」

「塩谷朱実さんを知っているね」

棟居は質問の鉾先を変えた。

「殺されて、多摩川で死体を発見されたとテレビが放送していました。それまでは名前を知りませんでした」

「長沼さんの自転車の近くに駐輪したのは、彼女がお目当てではなかったのか」

棟居は肉薄した。

「お目当てなんて、とんでもない。彼女はゴミ溜めの鶴です。私なんか眼中にありませんでしたよ」

「毎日利用している駐輪場をゴミ溜めとは、ひどい言い種ではないのかね」

「駐輪場をゴミ溜めと言っているのではありません。自転車のバスケットがゴミ溜めにされるのです。家から運んで来たゴミを自転車のバスケットに捨てて行く不心得者がいるのです」

「自転車を盗んだあんたは、不心得者ではないのかね」

「悪いことをしたとおもっています。でも、盗むつもりはありませんでした」

「本当にテレビのニュースを見るまでは、塩谷さんの名前を知らなかったのか」

「本当に知りませんでした。いや、正確には、その少し前に彼女の名前を知っていました。でも、そのときは、それが彼女の名前かどうかはわかりませんでした」

「それはどういう意味なんだね。ニュースの前に塩谷さんの名前を知っていて、彼女の名前かどうかわからなかったというのは……」

「無断借用した長沼さんのバスケットの中にゴミが入っていたのです」

「バスケットにゴミが……？」

「最初はゴミだとおもいました。自転車から降りたとき、つまみ上げてよく見ると、くしゃくしゃに丸めた手紙でしたよ。それもどこかの男が塩谷さんに宛てた付け文(ラブレター)でした。丸めた手紙の封は切られておらず、読んだ形跡はありませんでした。たぶん塩谷さんは通行人が投げ入れたゴミかとおもって、くしゃくしゃに丸めて、隣に駐めてあった自転車のバスケットに投げ込んだのでしょう。ニュースを見たとき、アナウンサーが読み上げた被害者の名前が手紙の宛て名と一致したので、初めて塩谷さんの名前を知ったのです」

「付け文と言ったね」

「正確な文章は忘れましたが、付け文でしたよ。想いの丈を綿々と訴えていました。でもまったく読まれずに、ゴミのように捨てられてしまったのは可哀想ですね」

「その付け文はどうしたね」

「片想いの書き手がなんとなく気の毒になって、どこかに保っておいたとおもいます」

「ぜひ探し出してもらいたい」

棟居と久保田は異口同音に言った。

「えっ。あんな付け文がお役に立つのですか」

竹崎は驚いたような顔をした。

もともと自転車泥棒の糾明は棟居たちの目的ではない。自転車も戻ったことであるし、竹崎に厳重戒告の上、おかまいなしとした。

自転車泥棒に代わって、付け文の書き手が新たな容疑者として浮上してきた。彼は片想いをついに殺意に変えて、それを実行したのではあるまいか。

だが、付け文の書き手を容疑者とすると、いくつかの矛盾が生ずる。

塩谷朱実が帰宅しなかった金曜日の夜、長沼の自転車を盗んだ竹崎は、バスケットの中に朱実に宛てた付け文を発見した。竹崎は朱実が付け文を受け取った後、隣に駐輪していた長沼の自転車のバスケットに投げ込んだのだろうと推測した。くしゃくしゃに丸めて投げ込まれてあった手紙は読んだ形跡がなかったという。

朱実は読まずに付け文を長沼のバスケットに投げ込んだことになるが、金曜日、出勤したまま帰宅しなかった朱実が、付け文を受け取り、それを読まずに隣車のバスケットに捨てるチャンスは金曜日の朝の駐輪場以外にはない。

仮に朱実が出勤後、彼女の自転車のバスケットに付け文を投げ込んだとすれば、だれが隣車のバスケットに移したのか。朱実自身はすでに駐輪場から離れているので移せない。

金曜日の朝、朱実より早く駐輪場に着いた長沼は、彼女のバスケットから付け文を移動することはできない。

すると、だれが付け文を朱実車から長沼車に移したのか。書き手自身がそんなことをするはずがない。竹崎も付け文の経緯について嘘をついているとはおもえない。また嘘をつく必要もない。

被害者は付け文を読む前に（読む意思がなかったのかもしれない）殺害されてしまったのである。付け文の移動経路の矛盾は保留しても、その書き手は無視することはできない。

――私の切ない想いを、ほんの少しでもわかっていただきたく、失礼を承知の上でお手紙を差し上げます。

あなたは私の太陽であり、私の心の祭壇に祀（まつ）られた女神なのです。あなたの洪水のような光と、神の無量の愛の一破片（かけら）でも分けあたえてください。私にとってはそれが生き甲斐なのです……。――

おもいつめた文言が綿々と書き連ねられている。一方的な熱い想いが妥協の余地のない拒絶にあったとき、可愛さあまって百倍の憎しみと化して殺意となることは十分に考えられる。

ストーカーの多数派も、カタルシスや社会的な貢献に昇華できなかった片想いを源としている。

付け文の差出人名は、ただ「沖中」の二文字、住所や連絡先はない。切手も貼られておらず、差出人が直接被害者に手渡したとみられる。駐輪車のバスケットに付け文を投げ込める者は、駐輪場の近辺に住んでいる者であろう。そうでなければ、被害者のライフパターンを偵察できない。

棟居は竹崎から取得した件（くだん）の付け文を凝視した。

詳細に点検した結果、封筒の片隅に付着している茶褐色の物質を認めた。わずかではあるがペンキのようである。

鑑識にまわして分析してもらったところ、彼の見込み通り、塗装用ペイントの成分で、ボイル入り油ワニス、スピリットワニス、希釈剤が少量混合されている外部用上塗りペンキ、色はベンガラと鑑定された。

棟居と久保田の報告を受けた捜査本部は、駐輪場界隈の最近ベンガラ色の塗装を施した家や建物を捜索した。

その結果、界隈の住人、沖中尚人（おきなかなおと）が浮上した。沖中は三十歳、独身。都心にある不動産管理会社に勤めている。職場は被害者の会社の近くである。界隈の住居に両親と一緒に住んでいる。駅まで約一キロを自転車で通勤。駐輪場を利用している。

この沖中家が一週間ほど前、板塀をベンガラ色に塗り替えたことがわかった。この期間に界隈でペンキを塗り替えた家屋や建物はない。さらに沖中家の塀を塗ったペンキを分析したところ、付け文の封筒に付着していた物質の成分と符合した。

領置(りょうち)された沖中尚人の手紙やノート類との筆跡鑑定の結果、付け文の文字とすべて一致した。

捜査本部に任意同行を求められた沖中は、付け文の差出人が自分であることを認めた。

だが、推定犯行当夜のアリバイもない。

だが、頑として犯行を否認した。

棟居は現場の近くで保存した一枚の紙片を差し出した。紙片には意味不明の数字が打刻されている。

「この紙片は犯行前にあんたが診療を受けた近所の耳鼻咽喉科医院の予約券だよ。当初は事件に無関係のゴミとみられた。だが、塩谷さんが花粉症に悩んでいたことがあんたに同行してもらう直前にわかって、界隈の医院を当たったところ、この医院が発行した予約券であることが確認された。塩谷さんは予約券の数字に該当する日時に診療を受けていない。そして、あんたが浮かんで来た。この予約券を運べる者はあんた以外にいない。あんた、塩谷さんが同じ医院で、同じ症状の治療を受けていたことを知らなかったようだね。まさに天の配剤だな」

と棟居に止どめを刺されて、沖中は犯行を自供した。

「塩谷さんは住居も勤め先も近くであったので、職場近くの公園や、スーパーなどでよく顔を合わせました。でも、挨拶を交わしたくらいで会話をしたことはありません。私は彼女をちらりと見かける都度、忘れられなくなりました。以前はマイカーで通勤していたのですが、塩谷さんに会いたい一心で駅まで自転車で往復し、電車で通勤するようになりました。

そして、自分の想いを塩谷さんに伝えたくなり、手紙を書いて、彼女の自転車のバスケットに入れるようになったのです。でも、まったくなしのつぶてだったので、金曜日の朝、駐輪場に待ち構えていて、八時ごろ出勤して来た彼女におもいきって直接手紙を渡しました。塩谷さんは無表情に、『後でゆっくり読ませてもらいます』と言って、受け取りました。今度こそ自分の想いが彼女に伝わるにちがいないと信じて、私はその日はマイカーで出勤しました。

その日ほとんど仕事が手につかず、少し早めに退社して、塩谷さんの勤め先の近くで待っていました。間もなく会社から出て来た塩谷さんに声をかけ、私の真意を伝えたいと言いますと、彼女も『自分も申し上げたいことがあります』と言って、素直について来ました。彼女はすでに何度も送った私の手紙から、私の名前を知っていました。

その日、車で出勤した私が、自宅まで送らせてくださいと申し出ると、素直に同乗してくれました。途中、多摩川の河川敷に立ち寄って、私の切ない気持ちを訴えますと、塩谷さんは、『私のことはあきらめてください。私はあなたを知らないし、なんの関心もありません』と答えました。私の手紙は読んでいただけましたかと聞くと、『いいえ』と冷たく答えて、首を横に振りました。

私はそのとき、私の独り相撲であったことを知り、これ以上、彼女に言い寄っても無意味だと悟りました。それではせめて、これまであなたに差し上げた手紙を返していただけませんかと頼むと、彼女は冷たく笑って、全部捨ててしまったと言うのです。どこに捨てたのかと問うと、『隣の自転車のバスケットに丸めて捨てました』と答えました。

私はその瞬間、全身の血が沸騰するような怒りと屈辱をおぼえました。私が精魂込めて書いた手紙を、彼女はゴミのように捨てたと聞いて、私は我を忘れました。気がついたときは、彼女の首を携帯電話の吊り紐で絞めていました。我に返った私はあわてて見よう見まねの人工呼吸などを施したのですが、手遅れでした。私は犯した罪の重大さを悟り、自衛本能から近くにあった廃棄自動車の中に彼女の死体を棄てて逃げ帰ったのです。殺すつもりはまったくありませんでした。塩谷さんに対して申し訳なくおもっています」

と言って、沖中は頭を垂れた。

沖中の自供によって事件は解決した。

おもえば駐輪場のアイドルが付け文（ラブレター）をゴミとして廃棄したことが殺人を誘発した。被害者の隣車のバスケットに丸めて捨てられた付け文は、沖中が去った後で被害者本人が捨てたのであろう。

なぜ被害者はそんなことをしたのか。関心があろうとなかろうと、自分宛の付け文を保存していれば、彼女は殺されずにすんだのである。

棟居は犯人の自供を聞いて索然たるおもいに駆られた。

犯人が自供して事件が解決した後、山形は駐輪場で長沼と顔を合わせた。

「塩谷さんがいなくなって、寂しくなりましたね」

山形が声をかけると、

「塩谷さんには私も責任を感じています」

と言って、長沼は俯いた。

「どうしてですか」

「塩谷さんが『バスケットにゴミや猥褻な写真などを投げ込まれることがあって困っています』とつぶやいたことがあり、そんなときは私のバスケットの中に移してください。私が処分しますからと答えたことがあるんです。それ以後、塩谷さんはセクハラ的な手紙やゴミなどを私のバスケットに移すようになりました。それだけ私が塩谷さんから信用されているようで嬉しくおもいました。でも、今にして私がそんな言葉をかけなかったらとおもうと、責任を感じるのです」

と長沼は悔やむように言った。

山形は、駐輪場に自転車を預けていくだけの利用者ではあっても、時には人生や、その人の生命を預ける場合もあることを知った。

山形はそれ以後、駐輪車のバスケットに投棄されたゴミを勝手に移すことをやめた。

利用者は自転車を預けると同時に、人生の断片や、人生そのものを預ける場合もある。

そして、自転車整理員は自転車だけではなく、人生の断片を整理しているのかもしれないとおもった。

この作品は作者の創作であり、実在する団体、人物、事件等にはいっさい関係ありません。

作者

解説

篠田節子

本書は雑誌「問題小説」に二〇〇七年から二〇一〇年にかけて掲載された、それぞれ独立した短編をまとめたものだ。どの作品にも、森村誠一さんの数多くのミステリで活躍し、森村さんの分身とも言える棟居刑事が登場するが、連作短編集ではない。

あまりにも有名な棟居刑事シリーズのスピンオフというより、外伝、と呼べるような作品集で、ファンの方々にとっては、棟居刑事の意外な顔、秘めたロマン、意外なエピソードを知ることのできるレア物かもしれない。

数多くのベストセラーを出され、昨年（二〇二三）七月に逝去されたミステリ作家森村誠一さんに直接お目にかかったのは、山村正夫先生亡き後、森村さんが名誉塾長として引き継がれた山村正夫記念小説講座に、教室の卒業生としてお邪魔した折のことだった。

生徒の書いた作品をしっかり読み、責任を持って指導する姿には、文士然とした気まぐれや奢り、一家を成した作家の一般社会に対する甘えのような態度は皆無で、塾長どころか熱心な学級担任を思い起こさせた。

素人の読みにくい文章や理解しにくい意図を几帳面に読み解き、指導するのは現役作家としてたいへんな負担だったはずだが、本業の小説、そして新たな世界を切り拓いた写真俳句と、創作活動にも衰えを見せなかった。

この九本の短編は、ちょうどその時期、森村さんが七十四歳から七十七歳にかけて書かれ発表されている。

早逝する破滅型作家や、中高年で寿命が尽きる無頼派作家は別として、平均寿命を超えて生きている作家は、注文がある限り書く。作家に定年も再雇用もない。

総じて高齢期に入ると、作品といってもエッセイが多くなる。選考委員、ご意見番として存在感を増してきたりもする。晩年に入っての創作活動の軸足を歴史時代小説、ないしは評伝小説に移す方も男女を問わず多い。ついでに和服でも着こなせば重鎮感が漂う。

森村誠一さんも晩年、時代小説を書かれて大きな賞を受賞されたりしているが、そうした重鎮感には、見た目からして無縁な方だった。どこまでも端正でストイック、我が身の不利益も顧みずに隠蔽(いんぺい)された歴史的事実を掘り起こし、晩年は俳句を嗜(たしな)み、被災地の人々や社会的弱者に寄り添った。

本書は、大人気シリーズの棟居刑事外伝、であると同時に、戦後→高度成長→バブル→三〇年不況へ、という時代を生き、一九六〇年代のデビュー以来、日本の現実と向き合ってきた作家が描く、二〇〇〇年代初頭の時代を生きる人々と世相を切り取った作品だ。

作者による前書き、「利便性を求めてモノを技術を発展させた結果、人間が失ったものは何か？」という問題提起には、まさにこのときの森村さんのスタンスが端的に表されている。

とはいえ、作品の一つ一つは社会派小説でも社会派犯罪小説でもない。売れっ子ミステリ作家の名に恥じない歴とした推理小説だ。

市民俳句の会、朝のカフェの人間模様、信州のリゾート地で開催されるクラシックコンサート、駅前の自転車置き場で働く定年退職者……。

導入はどれも、戦後の日本を生きてきた者がみつめる二〇〇〇年代の日本の現実である。日常的な人間関係や小さな事件を通して、中高年あるいは老境に入った主人公の心境の変化や雑感を書けば、短編小説として完結しそうな話に見える。

だがそこはミステリ作家の矜持であろう。必ず犯罪事件が関わってきて棟居刑事の登場、となる。あるいは市民棟居弘一良が、刑事棟居として活躍し始める。

「ケルンの一石」では、棟居が俳句の会を通し、透徹した美を湛えた女と知り合う。積極的ながん治療を拒み、余命が見えた彼女との交流の中で、死生観に触れるやりとりなどもあり、女性の死によって幕を閉じる心境小説かと思いきや、俳句の会と無関係な場所で、唐突に殺人事件が起きる。駐車場の車の中で撲殺されたヤクザの死体発見である。

句会の臈長けた美女と殴り殺されたヤクザ。どう見ても無関係なエピソードが、小さな石ころで結びつく。

表題作「遺書配達人」は一泊二日で四国遍路に出た棟居刑事が、宿で知り合った遍路と互いの人生をしみじみ語り合う。相手は元役人。おそらく福祉事務所のケースワーカーだろう。仕事で関わった行路死亡人やホームレスの遺書を遺族に届ける旅を続けていると言う。一期一会の遍路との交わりが、棟居の心境の変化と気づきを生む、という、これまた心境小説として完結しそうな内容なのだが、それとは無関係に唐突に事件が起きる。

単なるコンビニ強盗事件が、迷宮入りになりかけたホームレス殺人事件に結びつき、事件解決の手がかりになるのが一夜の宿で語り合った遍路とのやりとりだ。

巡礼の旅と世俗的事件の結び目になるもの、それがさほど高価でもないネックレスだ。

そこから無関係に見える要素が、ぱちりぱちりとはまり始める。社会的弱者に向けられた理不尽な暴力に対しての棟居の怒りと使命感、不遇な人生を唐突に断ち切られた被害者の無念と娘を思う心。単なる心境小説に終わらせないミステリ作家のプライドが生み出した佳品だ。

また「戦場の音楽祭」はこの十年くらいに各地で起きた事件を先取りしたような作品だ。

リゾート地で開催されたコンサートで目にした、肉親には見えない若い女性と介助される老人。高齢者を狙った詐欺か、それとも後妻業か。思わずにやつく女性読者をじらすように、森村さんの描写はどこまでも麗しい。

そして事件。老人が殺されたわけではない。被害者はどこかの別の女性だ。読者の思惑（おもわく）通り、背後にあるのは老人を食い物にするビジネスだが、そこには後妻業、あるいは「いただき女子」のような殺伐とした女性像はない。

世界がおぼろげになっていく老人と若い女性との最期の音楽鑑賞会で閉じられる物語には、作家森村誠一さんの優しさが滲（にじ）む。

「迷惑屋」もそうした森村さんの人間への信頼が感じられる一編だ。

昔から珍しくもないご近所の「迷惑おじさん」「迷惑おばさん」、そうしたかれらを脱法すれすれのところで利用し、金にしようと考える人々とその手段が、この作品の時代を象徴している。その迷惑屋が迎える最後は……。なんだかんだ言っても基本は意地悪な女性作家たちには書けない後味の良い話だ。

「青春の破片」「ケルンの一石」「人生の駐輪場」などなど、森村さんの描き出す男女の交流は、多くはプラトニックラブでときに淡く、時に悲痛な輝きを帯び、たいていははかなく終わる。生臭い男女関係となるとこちらは事件がらみ、因果応報の顛末となったりするわけだが、そうした男女関係を凌駕（りょうが）するようなまことに麗しい究極の恋愛物語の相手は、「犬」だった。「花びらの残る席」の黒いラブラドールレトリバー。彼がどんな役割を果たすかは、読んでのお楽しみ。

九編の作品は、どれも中年あるいは老境に入った男の視点から、当時の世相と風俗を感慨や洞察などを交えて活写していくが、そうした日常の中に、唐突に無関係な刑事事件が飛び込んでくる。そこから物語は思わぬ方向に展開する。日常と事件との間には必ず結び目がある。青春の思い出の詰まった石、ホームレスの持っていたネックレス、一枚の受取証といった小物だ。

そして結び目をほどくと、いじめ、高齢者介護、貧困、機能不全家庭と、この社会の抱える深刻な問題が浮かび上がってくる。

そのあたりは社会派ミステリのテイストだが、その先の犯人を追い詰める手順や論理構成は、小物使いも含め正統的な本格ミステリの領域となる。

出発点となった、乱歩賞受賞作『高層の死角』以来数十年、現代社会の孕む矛盾を突いて人間のあるべき姿を描き出す社会派でも、幾何学的論理構成の美しさを追求する本格派でもなく、その双方が絶妙なバランスで物語を進めるミステリ小説を森村さんは発表されてきた。そうした手法は大ベストセラー「証明三部作」やこうした短編にも貫かれている。

それにしてもここに登場する女性たちは、犯罪に関わる女たちも含めて、だれもが淡い陰影と透明な光を帯びて美しい。

すでに絶滅して久しい女言葉「……ですわ」「……ですの？」などを読んでいると、ユーチューブで見た小津安二郎の映画に出てくる原節子の声と姿が、脳裏によみがえる。

実作者として時代に取り残されたわけではない。意図的に美しい女言葉を使わせているのだ。

たとえ人殺しはしても、その真意は愛する人を守るため、犯罪に手を染めても激しい葛藤(かっとう)の末のこと。

女性に対して最後までロマンを捨てなかった作家の描き出す女性像に、心を摑(つか)まれる男性ファンはきっと大いに違いない。そのあたりはローマ彫刻のごとく身も蓋(ふた)もないリアリズムで人物像を刻み続ける女性作家とは一線を画しているというべきか。

いずれにしても現代を舞台として生み出されてきた森村誠一さんの膨大な数のミステリに通底するテーマは、人の人たる資格は何かといったことかもしれない。親子の情、男女の愛憎、欲望と矜持といった普遍的なテーマが、事件解決に向けての謎解きの、整然とした論理構成の背後から浮かび上がることが、多くの読者を魅了した理由と言えよう。

二〇二四年　一月

この作品は2010年5月徳間書店より刊行されました。
なお、本作品はフィクションであり実在の個人・団体などとは一切関係がありません。

本書のコピー、スキャン、デジタル化等の無断複製は著作権法上での例外を除き禁じられています。本書を代行業者等の第三者に依頼してスキャンやデジタル化することは、たとえ個人や家庭内での利用であっても著作権法上一切認められておりません。

徳間文庫

遺書配達人

© Seiichi Morimura 2024

2024年2月15日 初刷

著者 森村誠一
発行者 小宮英行
発行所 株式会社徳間書店
東京都品川区上大崎三−一−一 〒141−8202
目黒セントラルスクエア
電話 編集〇三(五四〇三)四三四九
販売〇四九(二九三)五五二一
振替 〇〇一四〇−〇−四四三九二
印刷
製本 大日本印刷株式会社

ISBN978-4-19-894919-8
(乱丁、落丁本はお取りかえいたします)

徳間文庫の好評既刊

痣
伊岡瞬

平和な奥多摩分署管内で全裸美女冷凍殺人事件が発生した。被害者の左胸には柳の葉のような印。二週間後に刑事を辞職する真壁修は激しく動揺する。その印は亡き妻にあった痣と酷似していたのだ！　何かの予兆？　真壁を引き止めるかのように、次々と起きる残虐な事件。妻を殺した犯人は死んだはずなのに、なぜ？　俺を挑発するのか——。過去と現在が交差し、戦慄の真相が明らかになる！

徳間文庫の好評既刊

法の雨

下村敦史

「逆転無罪」。有罪率99.7%の日本で、無罪判決は死も同然。看護師による組長殺人事件の無罪判決を受け、担当検事の大神護（おおがみまもる）は打ちひしがれた。裁判長が判決の直後に法廷で倒れた。これは偶然か。さらに、無罪となった看護師が死んだと知り、病床の裁判長を訪ねると、さらなる謎と事件が見えて……。検事、弁護士、被害者と加害者、刑事、そして判事。複雑に絡み合うリーガルミステリー。

徳間文庫の好評既刊

橘かがり

女スパイ鄭蘋茹(テンピンルー)の死

ジェスフィールド76号は、頻発(ひんぱつ)する抗日テロに対抗し、日本軍が親日派中国人を傀儡(かいらい)として上海(シャンハイ)に設置した特務機関だ。主任は残忍で冷酷な丁黙邨(ていもくそん)。中国人の父と日本人の母を持つ鄭蘋茹(テンピンルー)は雑誌の表紙を飾る美貌を謳(うた)われる一方、祖国を憂(うれ)う心にも満ちていた。国民党の工作員に引き抜かれた蘋茹は、黙邨に接近することに成功。だが党からの指令は非情なものだった。書下し長篇歴史サスペンス。

徳間文庫の好評既刊

近藤史恵

歌舞伎座の怪紳士

職場でハラスメントを受け退職した岩居久澄は、心に鬱屈を抱えながら家事手伝いとして日々を過ごしていた。そんな彼女に観劇代行のアルバイトが舞い込む。祖母に感想を伝えるだけで五千円くれるという。歌舞伎、オペラ、演劇。初めての体験に戸惑いながらも、徐々に芝居の世界に魅了され、心が晴れていく久澄だったが——。私が行く芝居に必ず「親切な老紳士」がいるのは、なぜだろう？

徳間文庫の好評既刊

勁草

黒川博行

橋岡恒彦は「名簿屋」の高城に雇われていた。名簿屋とは電話詐欺の標的リストを作る裏稼業だ。橋岡は被害者から金を受け取る「受け子」の差配もする。金の大半は高城に入るので、銀行口座には大金がうなっている。賭場で借金をつくった橋岡と矢代は高城に金の融通を迫るが…。一方で大阪府警特殊詐欺班も捜査に動き出す。逃げる犯人と追う刑事たち。最新犯罪の手口を描き尽くす問題作！

徳間文庫の好評既刊

山口恵以子

夜の塩

　名門私立女子校で英語教師として働いていた篠田十希子は、突然母の死を知らされる。商社の男と心中したというのだ。同僚と婚約が成立。娘の花嫁姿を楽しみにしていた母が死ぬはずがない。死の謎を解くため、十希子は母が勤めていた高級料亭で仲居として働き始める。謎多き客たちを探るうち見えてきた驚愕の真相とは——。疑獄事件の尾を引く昭和三十年代が舞台の愛と復讐のサスペンス！

徳間文庫の好評既刊

深谷忠記

執行

幼女誘拐殺人事件「堀田事件」の犯人として死刑判決を受けた赤江修一。彼は無実を主張したが控訴、上告とも棄却。確定後わずか二年で刑を執行された。六年後、再審請求中の堀田事件弁護団宛に一通の手紙が届く。差出人は事件の真犯人だと名乗る「山川夏夫」。さらに一年後に届いた二通目の手紙には、犯人のものという毛髪が入っていた。弁護団の須永は新聞記者の荒木らと調査を開始する。

徳間文庫の好評既刊

ノッキンオン・ロックドドア

青崎有吾

密室、容疑者全員アリバイ持ち——「不可能」犯罪を専門に捜査する巻き毛の男、御殿場倒理（ごてんばとうり）。ダイイングメッセージ、奇妙な遺留品——「不可解」な事件の解明を得意とするスーツの男、片無氷雨（かたなしひさめ）。相棒だけどライバル（？）なふたりが経営する探偵事務所「ノッキンオン・ロックドドア」には、今日も珍妙な依頼が舞い込む……。新時代の本格ミステリ作家が贈るダブル探偵物語、開幕！

徳間文庫の好評既刊

太田忠司
麻倉玲一は信頼できない語り手

オリジナル

　死刑が廃止されてから二十八年。日本に生存する最後の死刑囚・麻倉玲一は、離島の特別拘置所に収監されていた。フリーライターの熊沢克也は、死刑囚の告白本を執筆するため取材に向かう。自分は「人の命をジャッジする」と嘯く麻倉。熊沢は激しい嫌悪感を抱くが、次々と語られる彼の犯した殺人は、驚くべきものばかりだった。そして遂に恐ろしい事件が起きた！　衝撃の長篇ミステリー。